Un cuore di sirena

ANIME GEMELLE MOSTRUOSE
LIBRO TRE

TAMSIN LEY

Twin Leaf Press

Tutti i personaggi di questo libro, che siano alieni, umani o di qualsiasi altra natura, sono un prodotto dell'immaginazione dell'autore. Qualsiasi somiglianza con persone, situazioni o eventi reali è puramente casuale.

Nessuna parte di questo libro può essere riprodotta, trasmessa o distribuita in alcuna forma o con alcun mezzo senza l'esplicita autorizzazione scritta dell'autore, fatta eccezione per brevi citazioni destinate a recensioni, articoli o blog. Questo libro è concesso in licenza esclusivamente per il piacere della lettura. Un'infinità di cuori e baci e grazie infinite per l'acquisto.

Versione cartacea

Copertina di Tamsin Ley

@ Edizione italiana: Tamsin Ley; 2025
@ Edizione originale: *A Mermaid's Heart*, di Tamsin Ley; 2018
Tutti i diritti riservati.
Versione tascabile
ISBN-13: 979-8-89548-024-3

Twin Leaf Press
PO Box 672255
Chugiak, AK 99567

Un bacio proibito potrebbe essere la loro salvezza... o la loro rovina.

Cruz si immerge nell'oceano in cerca di pace, ma una notte di festeggiamenti si trasforma in un incubo. Strappato alla superficie da una furia di sirene feroci, diventa il loro prigioniero — un giocattolo umano tenuto in vita solo per il loro divertimento.

Ebby ha passato la vita a resistere alla fame predatrice delle sue simili. A differenza delle altre, lei salva gli uomini invece di distruggerli. Ma quando Cruz viene trascinato nel suo mondo, deve compiere una scelta che potrebbe svelare il suo segreto, tradire il suo branco... e costarle tutto.

Cruz, però, non è come gli altri. Lui non può udire il suo canto mortale. Lei non può parlare al suo mondo silenzioso. Eppure il loro legame cresce a ogni bacio proibito, ogni tocco rubato, ogni incontro segreto nell'ombra della sua pericolosa dimora.

Circondati da predatori, intrappolati sotto le onde, Ebby e Cruz devono decidere se sfidare la loro stessa natura... o arrendersi a un destino scritto nel sangue e nel sale.

Uno

C ruz osservò il suo amico, Jake, far scorrere un dito lungo il braccio nudo di una bionda troppo abbronzata e dire qualcosa che la fece ridacchiare. Il ponte della barca per feste era carico di bersagli alticci e, a quanto pareva, Jake era determinato a scoparseli tutti. Quella vacanza sarebbe dovuta essere una spedizione subacquea e Jake gli aveva detto che quel giorno avrebbero fatto snorkeling, ma fino a quel momento nessuno aveva ancora immerso nemmeno un dito del piede.

Cruz incrociò lo sguardo dell'amico e gli disse a gesti: «Sei pronto a fare un tuffo?»

Jake gli rivolse un sorriso malizioso che era un chiaro no e si lanciò in una delle sue tipiche barzellette.

Sospirando, Cruz guardò l'acqua scintillante, immaginando il suono delle onde contro lo scafo e il verso dei gabbiani in lontananza. Sordo dall'età di sette anni, ricordava appena i suoni dei programmi televisivi che aveva visto. Aveva anche imparato che la sua voce tendeva a risultare tutt'altro che affascinante e, di regola, rimaneva in silenzio.

Il profumo di olio di cocco lo raggiunse e lui riportò l'attenzione sulla conversazione, ridendo un po' in ritardo, e forse troppo forte, alla battuta finale di Jake.

Una rossa aggrottò le sopracciglia, le sue labbra macchiate di sangria articolarono le parole: «Cosa gli prende?»

Sapendo che Jake stava per giocarsi la carta del sordo — le ragazze andavano matte per un tipo con un amico sordo quasi quanto per uno con un cucciolo — Cruz si sforzò di abbozzare un sorriso bonario e disse a gesti: «Vado a pescare aragoste».

Jake sollevò il mento nella direzione di Cruz in segno di assenso e continuò a parlare con la bionda.

Cruz si diresse a poppa e afferrò una maschera da sub. Si tuffò nell'acqua beatamente fresca, si diede la spinta con i piedi verso una sporgenza rocciosa nella barriera corallina. Aveva sempre amato immergersi; sott'acqua la sordità non era un problema. Normalmente preferiva l'attrezzatura completa da sub, anche se se la cavava altrettanto bene in apnea. Aveva un occhio di lince nello scovare le aragoste spinose sul fondo sabbioso e un'estate si era pagato l'affitto vendendole a un mercato locale.

In pochi istanti, individuò un crostaceo blu-verde. Si mise di taglio per afferrarlo per il carapace e stava per risalire in superficie quando vide una delle ragazze della festa che lo spiava da dietro un ventaglio di mare verde e merlato. Almeno una persona aveva seguito il suo esempio ed era venuta a farsi una nuotata. I suoi lunghi capelli scuri le fluttuavano attorno al viso e il rossetto rosso acceso brillava vivido anche sott'acqua.

Ah. Non avrebbe mai pensato che qualcuna di quelle donne della barca volesse davvero bagnarsi, almeno non con l'acqua. Il petto cominciava a dolergli per il bisogno di respirare, ma sollevò l'aragosta in segno di saluto e fece un gesto come per mangiare. «Cena?»

La donna aprì la bocca come per parlare, facendogli cenno di avvicinarsi con una mano.

È interessata? E le piaceva anche nuotare. Forse questa barca da festa era stata una buona idea, dopotutto.

Sorridente, Cruz indicò la superficie e si spinse verso l'alto con i piedi, tenendo gli occhi sulla donna.

Un lampo indistinto di pelle chiara, capelli neri e... gambe rosse... sfrecciò verso di lui.

Sorpreso, smise di pinneggiare. Una donna dai fluenti capelli viola gli apparve alle spalle, così vicina che i suoi seni nudi gli sfiorarono il braccio. Gli tirò il viso verso il suo, bloccandogli le labbra in un bacio. *Questo è un po' troppo veloce, anche per una crociera di ubriachi.* I suoi capelli lo avvolsero in una nebbia viola, ostruendogli la vista. L'aragosta gli scivolò dalle dita. Le afferrò le mani, cercando di staccargliele dalle guance, ma, dannazione, quella donna aveva una presa ferrea. I polmoni gli bruciavano per la mancanza di ossigeno.

La donna non solo continuò a forzargli la lingua tra le labbra, ma ora gli si premeva contro con i seni e i fianchi, come se fosse pronta a fare sesso lì per lì.

Ma che cazzo? Incapace di liberarsi, nuotò con tutte le sue forze verso la superficie, trascinandola con sé.

Un secondo corpo, decisamente femminile, gli si premette contro la schiena. La maschera da sub gli fu strappata dalla testa, mentre due paia di mani gli scivolavano avide sulla pelle.

Lottò contro di loro, con bolle che gli fuoriuscivano dalla bocca e dal naso. *Come fanno a trattenere il respiro così a lungo?*

Una mano lo aggirò e si infilò nei suoi pantaloncini, afferrandogli il cazzo.

L'aria gli uscì dai polmoni in un unico, grande fiotto. *Porca puttana!*

Resistette all'impulso di fare quella fatidica prima inspirazione d'acqua. Non poteva essere reale, venire sbranato a morte da bellissime donne sott'acqua. La testa cominciò a intontirsi per il bisogno di respirare. Chiuse gli occhi; sentiva che doveva essere un brutto sogno.

Un sogno. Doveva star sognando. Non c'era altra spiegazione, a meno che non fosse già morto...

Inalò una boccata d'acqua.

E poi un'altra.

Aprì gli occhi sulle guance lentigginose della donna dai capelli viola che lo stava ancora avvolgendo in un bacio. Si strofinò il corpo sinuoso contro di lui, i capezzoli che stuzzicavano la peluria sottile sul suo petto.

Se questo è un sogno, tanto vale stare al gioco.

Afferrandole i fianchi, notò la mancanza del pezzo di sotto del bikini. Era il sogno più vivido che avesse mai fatto in vita sua. Giurò che poteva persino sentire l'odore di sesso emanare dalla sua pelle, riempiendo l'acqua. Le avvolse entrambe le mani attorno alla vita, premendo la sua erezione con forza contro le sue carni.

Lei si dimenò con evidente piacere e interruppe il bacio per mordicchiargli la mascella. Mentre si faceva strada lungo la sua gola e il suo petto, la donna alle sue spalle gli scivolò sopra la testa per riprendere il bacio da una posizione capovolta. Prima che la sua aureola di capelli gli bloccasse di nuovo la visuale, immaginò di vedere un'enorme pinna caudale viola dispiegarsi di fronte a sé...

I suoi pantaloncini da bagno furono tirati giù lungo i fianchi.

Per quanto amasse l'oceano, non aveva mai fatto un sogno erotico a riguardo prima d'ora. *È fantastico.* Tutto il suo sangue ribolliva di desiderio.

Una lingua decisa gli accarezzò la punta del cazzo. I suoi fianchi scattarono involontariamente e un gemito gli salì dal profondo del petto. Non sapeva dove mettere le mani: sulla donna al suo inguine o su quella che gli stava infilando la lingua in bocca. Optò per una mano ciascuna, intrecciando le dita nei loro capelli e ricambiando il bacio con abili colpi di lingua. Subito sopra la sua testa dondolavano i seni della sua partner di bacio, sormontati da capezzoli rossi come ciliegie al maraschino.

Ciliegine sulla torta, pensò, rendendosi conto di sentirsi un po' brillo. *Perché no?* Era il suo sogno. Poteva fare tutto quello che desiderava. Allungò la mano per portarne una a portata di bocca, quando un terzo paio di mani gli spazzò via i seni. Dita delicate e una pelle dorata, così scura da essere più vicina al marrone che all'oro, pizzicarono i capezzoli, facendoli indurire in cime aguzze.

Staccando il viso dal bacio, cercò di osservare meglio le sue partner, ma dita dalle unghie lunghe lo riportarono bruscamente al suo posto. In un angolo della sua mente, si interrogò sulla veemenza di quella fantasia. Non gli dispiaceva una donna con appetito, ma in genere gli piaceva condurre un po' il gioco. In quel momento si sentiva niente più che un giocattolo.

Tre paia di mani e tre bocche gli accarezzavano la pelle, le labbra, l'inguine. Non riusciva a ricambiare le loro carezze abbastanza in fretta, seni scivolosi e capezzoli duri sotto i suoi palmi, un collo sottile, capelli setosi che gli scivolavano tra le dita. Eppure, ogni volta che cercava di raggiungere quel punto dolce tra le loro gambe, si sottraevano.

Poi una di loro gli afferrò i fianchi, premendo il proprio bacino contro di lui. Il calore familiare del suo corpo che lo avvolgeva lo fece quasi venire. *Santa madre di Dio, niente preservativo.* Meno male che era un sogno. Si spinse contro di lui furiosamente. Lui allungò la mano e le afferrò il culo, solo per vedersela strappare via senza preavviso.

Capelli scuri gli riempirono la vista. Denti appuntiti brillarono tra labbra cremisi. Batté le palpebre, rendendosi conto che la donna dalla pelle scura con brillanti capelli dorati sembrava anche avere una coda dorata e luminosa al posto delle gambe. *Che cazzo?* Sapeva che il *mermaiding* era una moda, con tanto di code posticce, ma queste donne erano così dannatamente reali.

Tentò di indietreggiare, spingendo contro le spalle pallide della donna dalle labbra cremisi. Un piccolo ciondolo bianco che sembrava un osso della fortuna di un tacchino le pendeva da un cordino tra i seni nudi. Sotto l'ombelico, la sua carne si accese fino ad assumere il colore della sua bocca: si infiammò e si fuse in pinne e in una coda.

La coda di un pesce.

La consapevolezza esplose dentro di lui come una boccata d'aria dopo una lunga immersione. Spintonò più forte, liberando maggiormente la sua visuale. Le rocce e la barriera corallina non erano più in vista, né lo era l'ombra della barca per feste in superficie. Erano stati trascinati in una torreggiante foresta di kelp, la luce del sole filtrata ora nebbiosa e verde. Nonostante il suo interesse calante, le sue partner non avevano perso nulla del loro ardore e continuavano a graffiare, spingere e palpare, sembrando sempre più frustrate dalla sua disattenzione.

Meccanicamente, ricambiò le loro carezze. Diede loro ciò che volevano. Se non l'avesse fatto, non aveva idea di cosa sarebbe potuto succedere. Questo non era un sogno e quelle non erano donne comuni.

Era sott'acqua.

Stava respirando.

Ed era circondato da sirene.

Ebby sbirciò tra le venature di una gorgonia verso l'orgia di sirene nella radura di alghe marine. Si passavano un umano dalla pelle abbronzata, la cui muscolatura si adattava alle loro ondulazioni con una sorprendente agilità per una creatura terrestre. Le sue mani stringevano i loro seni o le attiravano in amplessi con un'abilità quasi soprannaturale nel prevenire che l'orgia degenerasse in una frenesia violenta e competitiva. La corrente che fluttuava verso Ebby era impregnata dell'odore del sesso, acuendo l'urgenza fastidiosa nel suo basso ventre.

Finitela, vi prego.

Due anni prima, aveva scelto di essere femmina. Non per un impulso biologico, ma perché le sirene erano, ovviamente, il sesso forte. I tritoni come suo padre erano destinati a una lenta e miserevole condanna a morte, legati alla prima femmina con cui si accoppiavano finché l'infedeltà della compagna non faceva letteralmente spezzare loro il cuore. Sebbene Ebby fosse ormai innegabilmente femmina, si rifiutava di diventare come sua madre, che uccideva umani e condannava i tritoni a un'inevitabile sofferenza.

Con i pensieri su sua madre sempre in mente, Ebby era riuscita a restare vergine — un'impresa inaudita tra le femmine della sua specie — limitandosi a osservare quelle orge da una distanza di sicurezza, in attesa che gli ignari uomini umani venissero usati e abbandonati. Poi si avvicinava e li trascinava verso riva. Sfortunatamente, la maggior parte veniva uccisa durante l'orgia. Quegli uomini che trovava ancora in vita morivano sempre per le ferite durante il viaggio verso terra.

Ma questo non le impediva di provare.

L'uomo che stava osservando ora aveva resistito sorprendentemente bene, e le parve di cogliere segni che le sirene si stessero stancando di lui. Se fosse riuscita a salvare almeno un uomo dal suo triste destino, la sua astinenza ne sarebbe valsa la pena.

Il canto seducente delle sirene saliva e scendeva, mentre gli artigli cremisi di Urokotori accarezzavano i due rebbi dell'arpa a forma di pesce che portava al collo. Strisciavano i loro corpi lungo quello dell'uomo, stimolando gli istinti di Ebby con la stessa sicurezza con cui stimolavano i suoi. Lei si passò una mano sul seno pallido e si stuzzicò il sensibile capezzolo corallino. Un'ondata di piacere le si propagò fino al centro del suo essere.

Pizzicandosi il capezzolo più forte, lasciò che l'altra mano scivolasse verso le pieghe dolenti della sua fessura. La coda le si contrasse mentre si strofinava, il sangue che le si scaldava mentre guardava il membro dell'uomo scivolare dentro e fuori da una sirena. Sull'orlo dell'orgasmo, l'orgia si spostò vicino al suo nascondiglio e Urokotori dalla coda rossa la vide attraverso le fronde.

«Forza, Ebby.» L'altra sirena le serrò le dita ossute attorno all'avambraccio, allontanandole la mano dal seno e tirandola fuori dal suo nascondiglio.

Dietro di lei, ancora mezzo sepolto nella sabbia, Ebby sentì il suo gambero mantide, Kato, sprofondare ancor più in profondità. Le altre sirene ridevano di lei perché teneva un animale domestico così inutile, ma Kato si era legato a Ebby di sua spontanea volontà, non perché Ebby lo avesse costretto, ed Ebby amava tutto di lui.

«Abbiamo già fatto tutte il nostro turno.» Urokotori spinse Ebby in avanti, tra le braccia dell'uomo. «Può essere il tuo primo.»

Le altre due sirene smisero di cantare, i denti aguzzi che brillavano tra le labbra gonfie di baci. Lutana si piegò su se stessa e accarezzò il fondoschiena dell'uomo con la sua pinna caudale dorata e lucente. «Gli umani sono così disponibili a giocare.»

«Ha una resistenza notevole» concordò Selachii, i suoi occhi ametista velati dalla sazietà. Il suo servo pesce balestra si contorse tra lo squarcio grottescamente sfregiato nella sua pinna caudale lentigginosa.

Lo sguardo dell'uomo incrociò quello di Ebby, e lei fu colpita da occhi che le ricordavano pozze di marea ricoperte di ciottoli. Fu un barlume di allarme quello che vide? Era stato così disponibile e sicuro di sé durante l'orgia, senza mai mostrare paura o stanchezza.

Le tre sirene circondarono Ebby e spinsero l'uomo quasi esausto contro di lei. Le sue cosce lunghe e snelle le sfiorarono la coda, la punta della sua erezione le lasciò una scia di fuoco lungo la pelle. Non era mai stata così vicina a un uomo eccitato prima d'ora.

«Canta, Ebby», ordinò Urokotori.

La sua attenzione scivolò lungo il petto muscoloso di lui fino agli addominali perfettamente scolpiti. Una linea di peluria tracciava un sentiero fino al suo membro ondeggiante. Solo qualche graffio segnava la sua liscia pelle bronzea dove le sirene erano state negligenti o brutali.

Ebby si leccò le labbra, le sue parti basse che pulsavano nonostante la sua determinazione. Come poteva sfuggire a quella situazione? Le sirene potevano essere tanto brutali con il loro stesso sesso quanto lo erano con qualsiasi uomo. Ma non osava rischiare una gravidanza. Le sirene erano madri terribili, ed Ebby aveva giurato di non sottoporre mai una piccola creatura all'abbandono e al terrore che lei aveva subito da piccola.

«È pronto», disse Lutana. «Non hai nemmeno bisogno di cantare. Prendilo e falla finita.»

Urokotori la spinse tra le scapole, premendole il seno contro il petto duro dell'uomo. «Abissi, come sei noiosa.»

Le mani dell'umano le trovarono la vita come per istinto, senza né spingerla via né attirarla a sé.

Noiosa. Quella era la sua via d'uscita. L'unico modo per sfuggire all'attenzione di una sirena era annoiarla. Quello, o offrire un intrattenimento migliore altrove. Decise che un bacio lungo e lento sarebbe stato abbastanza innocuo da non scatenare la loro ira. Avrebbe solo dovuto tenere a freno i propri istinti e non andare oltre.

A dire il vero, la sua unica esperienza di baci era stata con Lutana; alla sirena dalla coda dorata piacevano le donne tanto quanto gli uomini. Ebby aveva trovato un certo piacere nei suoi tocchi, ma non abbastanza da tornare a chiederne ancora.

Le mani dell'uomo, tuttavia, erano diverse, indurite dai calli e più larghe di quelle di una sirena. La sensazione dei suoi palmi sulla pelle la fece spasimare di desiderio. Come sarebbero state quelle dita grandi a immergersi tra le sue pieghe?

No, Ebby, si rimproverò. *Un bacio è tutto quello che puoi avere.*

Posando le mani sulle spalle dell'uomo, gli premette le labbra contro le sue.

Cruz aveva tentato di allontanarsi da quelle donne voraci solo una volta, e ne aveva pagato il prezzo. Una serie di lacerazioni sanguinanti lungo il fianco gli bruciavano ancora, ricordo degli artigli di quella dalla coda rossa, che lo aveva riportato indietro in un abbraccio. Quelle femmine erano forti, più forti degli umani, e veloci. Sembravano cercare più del semplice sesso, volevano il sangue.

Con suo grande sollievo, la frenesia sembrava placarsi. Ma la sua voce interiore già si chiedeva cosa sarebbe successo dopo.

Poi la sirena dalla coda rossa tirò fuori una quarta sirena dalle alghe che circondavano la radura. La sua coda albicocca era impeccabile e la sua pelle così pallida che avrebbe potuto essere un fantasma. Intorno alla testa, un'aureola di capelli ramati fluttuava nella corrente, e i capezzoli corallini ammiccavano dalle cime perfette di seni piccoli ma voluttuosi. Sebbene avesse i fianchi, le sue gambe erano fuse in un'unica, flessuosa appendice. Come le altre sirene, le sue parti femminili erano esposte sul davanti, aperte a lui, e invitavano la sua penetrazione.

Ma le pieghe pulsanti di questa donna sembravano diverse. Più pudiche. Come se si fosse coperta, se avesse potuto.

Alla sua comparsa, le sirene sembrarono ritrovare il loro interesse calante e, nonostante la sua stanchezza, la sua virilità tornò in vita. Eppure, mentre gli sguardi delle altre sirene erano ferini e affamati, gli occhi di questa pallida bellezza rivelavano... paura? Di certo esitazione. Non voleva farlo. Era costretta dalle altre come una novizia a una festa di confraternita. Si ritrovò a volerla proteggere da quelle altre mangiatrici di uomini.

Fu spinta tra le sue braccia. Le altre sirene la stavano chiaramente schernendo, minacciandola. Le sue mani le circondarono la vita, tenendola a distanza, la sua pelle fresca e setosa al tatto.

Con sua sorpresa, lei premette le labbra contro le sue. Non un bacio aperto e aggressivo come quello delle altre donne. A labbra serrate.

Forzato.

Oh, diavolo, no. Non era uno stupratore. Quelle donne si erano già praticamente imposte su di lui. Non sarebbe stato usato come strumento per ferire un'innocente.

Le mani di lei gli salirono dietro il collo, i suoi seni che gli solleticavano i peli sul petto. Il sangue gli affluì all'inguine, contrastando la sua determinazione, e lui strinse più forte le dita sulla sua vita, respirando dal naso nel tentativo di controllarsi.

Si aggrappò a quella sensazione, il respiro. Non era un sogno, eppure stava in qualche modo respirando sott'acqua. Quanto sarebbe durata quella capacità? Cosa sarebbe successo quando le sirene se ne fossero andate? Lanciò un'occhiata verso la superficie, valutando quanto fosse lontana e se ce l'avrebbe fatta prima di annegare. Dannazione, era davvero nei guai anche se le sirene non avessero deciso di mangiarlo come spuntino post-coitale.

Sembrando percepire la sua distrazione, artigli affilati gli graffiarono le spalle.

La sirena albicocca che lo stava baciando lo strinse più forte, schiacciando il suo membro duro tra i loro corpi, eppure gli sembrò che lo facesse per proteggerlo piuttosto che per il proprio piacere. Non si strusciava contro di lui, e la sua stretta tremava mentre le altre sirene continuavano a girargli intorno. Sebbene potesse sentire le pieghe pulsanti del suo sesso contro l'osso dell'anca, la sua bocca rimase una linea rigida sotto le sue labbra.

Attirandola più vicino, scrutò i lampi di colore delle pinne che passavano. La sua pelle si ritraeva a ogni sfioramento delle loro dita artigliate. Come avrebbe fatto a tirare fuori sé stesso da quella situazione, per non parlare della sirena albicocca?

Mentre pensava, degli artigli gli tirarono la testa all'indietro. La sirena rossa lo guardò con un ghigno, la mano ancora impigliata nei suoi capelli, poi si voltò e lo strappò dalla presa della sirena albicocca. Come foche affamate, le sirene dai colori vivaci lo trascinarono via, lasciando la sirena albicocca a bocca aperta nella loro scia.

Tre

Ebby impiegò un istante a ricomporsi. Poi sfrecciò dietro le pinne caudali cremisi di Urokotori, sapendo esattamente dove l'altra sirena si stava dirigendo. Mentre alcune sirene allevavano banchi di pesci o anguille feroci come animali domestici, Urokotori custodiva un polpo gigante in una grotta non lontana da lì. Le sirene si dilettavano a nutrirlo, osservando i suoi tentacoli e il suo becco fare a pezzi la preda ancora viva.

«Aspetta!» gridò Ebby mentre si spingeva fuori dalle alghe verso la parete rocciosa. Davanti a sé vide uno degli enormi tentacoli rossi del polpo ritrarsi nella grotta.

Fluttuando vicino all'ingresso, Urokotori si scostò con soddisfazione le lunghe ciocche nere dal viso. «Questo lo terrà a bada.»

Non c'era sangue nell'acqua, eppure l'uomo era scomparso dalla vista. Un occhio di polpo dall'aria arrabbiata riempì l'ingresso della grotta. Di certo la creatura non poteva averlo mangiato così in fretta. «Cosa hai fatto?»

Selachii si stiracchiò languidamente, alzando le braccia sopra la testa, e lasciò che il suo pesce balestra si strusciasse sul fianco, la potente bocca che schioccava nell'acqua. «Chiamami quando è ora di giocare. Vado a fare un sonnellino di bellezza».

Un fiotto di bolle sfuggì dalle labbra di Urokotori, che roteò gli occhi. «Per quel che servirà».

Lutana ridacchiò. Il viso lentigginoso di Selachii si rabbuiò e i suoi capelli color ametista sembrarono drizzarsi mentre si rivoltava contro la sorella.

Ebby indietreggiò, certa che stesse per scorrere il sangue.

Urokotori emise un dolce trillo e allungò la mano verso la sua arpa-pesce. Un tentacolo rosso e provvisto di ventose schizzò fuori dalla grotta, con la punta che si arricciava minacciosa. «Sta' attenta, sorella».

Selachii sporse la mascella ma si ritirò nella foresta di alghe, scomparendo dalla vista.

Con un sorrisetto compiaciuto, Urokotori si voltò verso Ebby. «Timuri ha il permesso di mangiare l'umano se prova a scappare. Non pensare neanche di portarlo fuori a giocare se non ci sono io».

Ebby fissò la grotta mentre il polpo tornava a mimetizzarsi tra le rocce, poi annuì. Sapeva che era meglio non interferire con l'animale domestico di un'altra sirena.

Con un colpo di coda, Urokotori sfrecciò verso l'alto e oltre la parete rocciosa, diretta a cercare guai altrove.

Lutana squadrò Ebby con i suoi occhi dorati, tutt'altro che ostili. «Che frustrazione». Inarcando la schiena, si avvicinò e le fece scorrere un dito delicato sulla parte superiore del seno e sul capezzolo. «Posso aiutarti ad alleviare la tensione, se vuoi.»

Ebby prese la mano dell'altra sirena per fermare

ulteriori approcci. Di tutte le sirene, Lutana era la più benigna. «Sto bene.»

Sulla sporgenza sotto la grotta, Kato strisciò silenziosamente sulla sabbia verso di lei dal suo nascondiglio tra alcuni massi sparsi. Avvicinarsi così tanto alla tana del polpo era pericoloso, e lei avrebbe voluto che il suo piccolo amico fosse rimasto lontano. Lasciando la mano di Lutana, Ebby si adagiò sulla sporgenza e lo protesse con il corpo mentre lui si rintanava sotto la sabbia accanto a lei. Non era pronta a rinunciare a liberare l'uomo, ma non era sicura di quale sarebbe dovuta essere la sua prossima mossa.

«Una volta, Urokotori ha tenuto un uomo in quella grotta per più di un mese». Lutana arricciò la coda di lato e si sedette sulla sabbia accanto a lei. «Finché non si è dimenticata di rinnovargli il respiro.»

«Oh». Usare un uomo era già abbastanza brutto, ma imprigionarlo e usarlo più e più volte solo per lasciarlo annegare? Spregevole.

«Gli umani sono meravigliosi, nel modo in cui sanno amare più donne.» Le belle labbra corallo di Lutana si arricciarono in un broncio. «Ma tragicamente fragili».

Ebby fissò l'oscura apertura della grotta. «Dobbiamo tirarlo fuori di lì.»

«Io non mi metto contro Urokotori». Lutana spiegò la pinna caudale e sollevò una nuvola di detriti dal fondale marino. «Hai visto cosa ha fatto alla coda di Selachii pur di ottenere quell'arpa-pesce.»

Un brivido istintivo attraversò Ebby. Quella lotta era stata brutale. «Forse posso offrirle qualcosa in cambio?»

Ebby non passava molto tempo con le altre sirene, quindi non sapeva che tipo di cose potessero apprezzare, ma a sua madre erano piaciuti i gioielli di Da. Giocherellò con il braccialetto a spirale di conchiglie che portava al polso. Da glielo aveva fatto poco prima che entrasse nella pubertà, dicendole che le avrebbe portato fortuna una volta scelto il suo genere; aveva sempre dato per scontato che avrebbe scelto di essere maschio.

Sentì un nodo in gola ricordando lo sguardo deluso nei suoi occhi quando le era spuntato il seno.

Lutana osservò Ebby che accarezzava il braccialetto con avida attenzione. «Cosa offri?»

Improvvisamente a disagio, Ebby si strinse nelle spalle. «Ci sono un sacco di cose sepolte intorno a quel relitto.»

«Bleah.» Lutana ritrasse la mano. «Ti aspetti che scavi nel fango con te? Lascia perdere. E lascia perdere lui. È solo un misero umano.» Si girò pigramente sulla schiena e si spinse verso la foresta di alghe. «Se insisti a volere un maschio, almeno trovane uno della nostra specie che possa procurarti un nido.»

Mentre la coda scintillante della sirena scompariva tra le fronde, Ebby si alzò dalla sabbia. C'era un solo posto dove potesse andare a chiedere consiglio: da zio Zantu. Lui aveva già sconfitto delle sirene.

«Andiamo, Kato.» Sistemò il suo carapace ossuto nell'incavo del collo e lui si rannicchiò prontamente tra i suoi capelli, tenendosi stretto per la nuotata.

Dando un'ultima occhiata alla grotta, sfrecciò verso la superficie, pregando che zio Zantu potesse trovare un piano di salvataggio prima che l'incantesimo del respiro del povero umano scadesse.

Cruz fissava il polpo grigio marezzato che bloccava l'apertura. I suoi tentacoli dovevano essere più lunghi di lui e la sua testa bulbosa e pulsante oscurava la debole luce che entrava nella grotta. Era quella l'unica uscita? Perché le sirene lo avevano messo lì dentro? Nuotare con le sirene non era decisamente menzionato nella brochure della barca da festa.

Tenendo un occhio sul polpo, scalciò verso l'alto, con le braccia tese, cercando il soffitto. La roccia dura incontrò le sue dita, i bordi levigati dall'acqua. Qua e là le dita scoprirono sacche d'aria intrappolate tra l'acqua e la pietra, nessuna più alta di qualche centimetro. Per quanto tempo sarebbe durata la sua capacità di respirare sott'acqua? Almeno non era svanita quando le sirene se n'erano andate. Non aveva forse letto una storia sul bacio di una sirena che concedeva la respirazione acquatica? Quelle sirene corrispondevano alla descrizione che ricordava, dalla loro bellezza alla loro vorace sessualità.

Usando le mani per muoversi lungo il soffitto scuro della grotta, raggiunse una parete e la seguì verso il basso fino al fondo sabbioso. La grotta non era piccola, ma neanche enorme, circa delle dimensioni di una grande camera da letto. Battendo le palpebre, si rese conto che riusciva a vedere, almeno un po'. C'era da qualche parte una fessura che lasciava passare la luce? Sollevò lo sguardo e fu accolto da una scia di perfette impronte di mani verde-azzurro. Ovunque avesse toccato la parete ora splendeva.

Fitoplancton.

Strofinò di proposito i polpastrelli lungo le rocce, illuminando l'interno della grotta con una debole luce verde. Girando lentamente su sé stesso, valutò l'ambiente circostante. Le pareti della grotta, sebbene bitorzolute, non avevano uscite visibili tranne quella sorvegliata dal polpo. Il fondo sabbioso era disseminato di gusci vuoti di crostacei e di qualche osso di pesci morti da tempo. Lanciò un'occhiata alla creatura che sorvegliava l'ingresso.

Qualcuno sulla barca doveva essersi accorto ormai che non era risalito in superficie. Sicuramente, avrebbero mandato dei sommozzatori a cercarlo. Avrebbero mai pensato di guardare dentro la grotta? Doveva mandare loro un segnale. Deglutendo, si avvicinò all'ingresso della grotta, pregando che il polpo avesse paura di lui quanto lui ne aveva di esso.

Un lungo tentacolo grigio scattò fuori e lo colpì.

Delle bolle gli scoppiarono dalle labbra e il petto gli parve in fiamme mentre sbatteva all'indietro contro la parete della grotta. Una luce verde riempì la grotta – o erano le stelle a riempirgli la vista? Per un breve istante, temette che il colpo gli avesse tolto la capacità di respirare sott'acqua. Poi fu scosso da un brivido e il respiro tornò nei suoi polmoni. *Cazzo, che dolore.*

Si passò i polpastrelli sui lividi circolari che stavano comparendo sul suo petto e fulminò con lo sguardo la testa pulsante del polpo. La creatura lo ricambiò con un'intelligenza famelica. Per quanto ne sapeva, la creatura lo stava tenendo in serbo per uno spuntino di mezzanotte. I polpi dormono? Cruz non ne era certo, ma ricordava vagamente che fossero cacciatori notturni.

Indietreggiando fino alla parete più lontana dall'ingresso, Cruz spazzò via il disordine di conchiglie e si adagiò sul fondo. Lo sforzo con le sirene lo aveva sfinito, e non aveva idea di quando sarebbero potute tornare. *Se* fossero tornate.

Sperava di non finire nel menù una volta calata l'oscurità.

Quattro

Ebby si issò su uno scoglio lambito dalla risacca e guardò verso l'alto, verso l'abitazione umana che si annidava nella scogliera. La luce della luna scintillò sulle onde e dipinse d'argento le cime degli alberi e le rocce. Non era mai venuta a casa di suo zio di notte, e l'oscurità sotto gli arbusti che fiancheggiavano la riva la rendeva nervosa. Diversi rettangoli di luce splendevano sul fianco della collina.

Tenendo la coda tra le onde che si infrangevano dolcemente, inspirò profondamente e iniziò a cantare. L'aria che veniva dalla riva aveva un odore diverso al buio, floreale e verdeggiante, ma che alludeva anche alla decomposizione.

Il suo richiamo vibrò sopra il fruscio delle onde, una richiesta, non una pretesa. Ebby non cantava mai, se non quando era assolutamente necessario; costringere altri esseri a obbedirle le dava la nausea. Non che potesse costringere lo zio Zantu a fare alcunché; era immune ai canti delle sirene da quando aveva trovato la sua vera compagna.

Presto, una figura dalle spalle larghe apparve dal sentiero che saliva sulla collina, accompagnata da una figura più piccola che sfrecciò avanti. «Ebby!»

Zio Zantu gridò: «Camilla, fermati!»

«È Ebby, papà! Te l'avevo detto io!»

Ebby sorrise mentre la cugina si tuffava a capofitto in acqua verso di lei. La bambina indossava una sottile camicia da notte con una balza sul fondo che le si modellava alle gambe, somigliando vagamente a una coda. Ebby faticava a capire come una bambina potesse avere un sesso predeterminato, ma Camilla era decisamente femmina, l'unica ragione per cui suo padre le permetteva di avvicinarsi all'acqua. Le sirene, di solito, lasciavano in pace le femmine umane.

Mentre la piccola figura si arrampicava sulla roccia

accanto a lei, Ebby le accarezzò la testa. «Tuo padre ha ragione, sai. Sarei potuta essere pericolosa».

«Ma dai, lo sapevo che eri tu. Hai una bella voce».

Zio Zantu si fermò con le dita dei piedi appena nella schiuma e si mise le mani sui fianchi. «Tutto bene, Ebby?»

Indossava una camicia larga e degli shorts al ginocchio, altrettanto ampi, da cui spuntavano le gambe, ma le sue spalle ampie e la vita stretta erano comunque evidenti, e i suoi penetranti occhi argentati scintillavano al chiaro di luna. La sua compagna, Brianna, sembrò apparire dal nulla, infilandosi sotto il suo braccio per sistemarsi contro il suo fianco. Ebby trovava ancora strano vedere zio Zantu con le gambe, ma capiva bene perché Brianna si fosse innamorata di lui.

«Vi ho svegliati?» chiese Ebby.

«Stavamo mettendo a letto Camilla», rispose Brianna, con un sorriso ironico che le increspava le labbra mentre guardava la figlia fradicia che ora teneva Kato in grembo.

Una fitta di gelosia strinse Ebby. Sua madre non l'aveva mai guardata in quel modo. Scivolò di nuovo nella risacca, tenendo solo la testa fuori dall'acqua. «Ho bisogno di un tuo consiglio, zio Zantu».

Zio Zantu si spostò su uno scoglio vicino e vi si sedette contro. «Dev'essere piuttosto importante per portarti qui al buio. Avanti, allora».

Aggrappandosi alla roccia scivolosa, Ebby raccontò loro dell'uomo, delle sirene e della grotta del polpo. Mentre ascoltava, Zantu strinse i pugni.

Quando Ebby finì, Brianna entrò in acqua come se fosse pronta per una nuotata. «Devi salvarlo!»

«Voglio farlo, ma non sono sicura di come», disse Ebby, spostando lo sguardo sullo zio. «Pensavo di scambiare con Urokotori alcuni dei gioielli di Da per riaverlo».

«Starei attento a fare patti». Zantu scosse la testa. «Se lo farai sembrare prezioso, Urokotori non lo lascerà andare».

«Cosa posso fare, allora?»

Zantu si strinse nelle spalle e si strofinò il mento. «Aspetta che si annoino».

Brianna rivolse a suo marito uno sguardo torvo. «Non può semplicemente starsene in agguato e sperare che lo lascino andare. E se il suo incantesimo del respiro si esaurisse?»

«O se Urokotori lo uccidesse per divertimento?» aggiunse Ebby.

«Ho un'idea!» disse Camilla. «Puoi chiamare uno squalo per sbarazzarti del polpo? Come tu e la mamma vi siete sbarazzate delle sirene!»

Ebby aveva evitato gli squali fin da quel fatidico incontro. «Le sirene non riescono a controllare gli squali tanto bene.»

Zantu si raddrizzò e si mise a camminare sulla sabbia bagnata. «Però l'idea ha del merito. Perché non ordini a un banco di pesci di nuotare davanti alla grotta? Potrebbe attirare il polpo fuori abbastanza a lungo da permetterti di liberare l'umano.»

Ebby inspirò a fondo l'aria profumata della notte, cercando di riordinare i pensieri. «Non mi piace costringere gli altri a obbedirmi solo perché sono femmina. Non voglio essere come le altre sirene.»

«Credimi, non lo sei», dissero Zantu e Brianna all'unisono.

«Dammi il cinque!» gridò Camilla, battendo le mani. «Mi devi una Coca-Cola!»

I suoi genitori risero e Zantu cinse la moglie con un braccio, stringendola a sé.

Tuffandosi sott'acqua, Ebby si passò le mani sul viso. Come sarebbe stato crescere con una famiglia così? *Vorrei poter parlare con Da.* Ma Da non c'era più, forse era perfino morto. La maggior parte dei tritoni moriva di crepacuore dopo la morte delle loro compagne e l'abbandono dei figli. Le si strinse la gola. Riemergendo, disse: «Non credo che Timuri lascerà il suo posto. Sta aspettando di mangiare il prigioniero». A quelle parole, Kato squittì e si raggomitolò a palla. Poi a Ebby venne in mente un altro pensiero. «E che ne è di quel pover'uomo? *Lui* potrebbe morire di fame prima che Urokotori si stanchi.»

«Allora farai meglio a nutrirlo», disse Zantu.

Cosa avrebbe fatto l'umano se Ebby gli avesse portato del cibo? Non poteva controllare il polpo, ma poteva calmarlo abbastanza da sgusciare dentro e fuori.

Camilla si tuffò dallo scoglio, riportando bruscamente Ebby alla realtà e facendo rotolare

Kato tra le onde. La bambina riemerse accanto a lei, scalciando furiosamente con le sue gambette. «Io e Kato possiamo raccogliere delle alghe per te.»

«Grazie, Camilla», disse Ebby, guidando la bambina verso la riva. «Ma posso cavarmela.»

Zantu sollevò la figlia dall'acqua. «È troppo buio perché le piccole sgranocchiatrici come te vadano a nuotare.»

«Vieni, Sgranocchiatrice.» Brianna prese la bambina, mettendosela su un fianco. «È passata da un pezzo l'ora di andare a nanna. Lasciamo che papà e la cugina Ebby parlino.»

«Ma io voglio restare.»

«Tua cugina tornerà presto a trovarti.» Zantu diede un bacio sulla testa di Camilla, poi un altro sulla bocca rivolta all'insù di sua moglie, prima di tornare a guardare Ebby. «Quando ci sarà luce, vero Ebby?»

«Certo.» Ebby veniva in quella baia a trovare suo zio da prima di scegliere il proprio sesso. Era stata sicura che suo zio l'avrebbe rifiutata proprio come aveva fatto Da, terrorizzato dalla sua nuova natura violenta. Ma zio Zantu non l'aveva evitata dopo aver scoperto che era una sirena. Tuttavia, era diventato impercettibilmente più cauto nei confronti di Camilla. Poté sentirlo rilassarsi mentre la sua famigliola spariva lungo il sentiero buio.

Appoggiandosi allo scoglio sommerso, Ebby lasciò che la dolce risacca le spingesse le pinne avanti e indietro sul fondo sabbioso. Poteva nutrire l'umano e tenerlo in vita, ma se il suo incantesimo del respiro fosse scaduto? La durata dell'incantesimo poteva variare da poche ore a poche settimane, a seconda di ogni cosa, dal suo livello di attività a quanto si trovasse in profondità sotto le onde. Avrebbe dovuto rimanere nelle vicinanze nel caso in cui fosse successo. A quel punto, avrebbe dovuto dargli il bacio. «Ho paura di dover rinnovare il suo incantesimo del respiro.»

«Perché?» Ancora completamente vestito, Zantu si addentrò in acqua, lasciando che le piccole onde gli lambissero le spalle. Diceva che non gli mancava avere una coda, ma amava ancora l'acqua come se fosse casa sua.

«E se... perdessi il controllo?» Ricordare la vista di lui mentre dava piacere alle altre sirene le provocò un brivido che le arrivò dritto al centro del corpo. Ripensò a come aveva sentito il tocco dell'umano sulla sua vita. Al calore seducente della sua erezione contro il suo fianco.

«Non credo che la crudeltà o la perdita di controllo dipendano dal fatto di avere un seno.» Zantu alzò lo sguardo verso la luna. «L'unica cosa su cui abbiamo davvero il controllo siamo noi stessi. Credo che se vuoi superare la tua "natura" di sirena, puoi farlo.»

«Ma come si può sconfiggere la natura? Non è per definizione imbattibile?»

Zantu abbassò il mento nell'acqua, gli occhi argentati che brillavano al chiaro di luna mentre girava lo sguardo verso di lei. Poi si alzò lentamente, lasciando che l'acqua modellasse i suoi vestiti sottili contro la sua forma molto mascolina. Era suo zio, ma era comunque un uomo stupendo, impossibile da non notare.

Ebby arrossì leggermente e distolse ostentatamente lo sguardo verso il cielo.

Lui emise un piccolo verso soddisfatto e tornò a riva sguazzando. «Sono più di due anni che vieni a trovarmi e nemmeno una volta la tua "natura" ti ha spinto a fare qualcosa di inappropriato.» Fermandosi sulla riva, la guardò da sopra la spalla. «Penso che la maggior parte delle sirene usi la "natura" come scusa per fare quello che vuole e non sentirsi in colpa per le proprie azioni in seguito. Tu non sei così. Ho fiducia in te.» Riprese a camminare lungo il sentiero verso l'interno, parlando abbastanza forte da farsi sentire sopra le onde. «Ora va' e fai ciò che devi per salvare quell'uomo. E te stessa.»

Ebby avrebbe voluto chiedere cosa intendesse con quello, ma lui era già sparito.

Cinque

Cruz sentì il morso della cintura di sicurezza stringergli il petto smilzo. Il pugno soffocante degli airbag che lo intrappolava al suo posto. Il fragore del metallo che si squarciava e dei vetri che andavano in frantumi. L'urlo di sua madre...

E si svegliò di soprassalto.

Il panico familiare che infestava i suoi sogni dall'età di sette anni fu sostituito da un disorientamento di tipo diverso. Le sue braccia e le sue gambe si agitavano, incapaci di trovare un appiglio solido nell'oscurità. *Dove diavolo sono finito?* Con il cuore a mille, tutto gli tornò in mente. La grotta. L'orgia. Le sirene... Era successo davvero qualcosa di tutto ciò?

Inspirò una boccata fredda di... acqua. Già. Era ancora sott'acqua. Le sirene dovevano essere reali. Posando i piedi nudi sul fondale sabbioso, individuò la chiazza di luce all'ingresso della grotta per orientarsi, poi fluttuò verso l'alto finché le dita non toccarono il soffitto. Il fitoplancton si accese.

Sperando che il polpo avesse lasciato la sua postazione, avanzò con cautela.

Una testa bitorzoluta e otto braccia a ventosa si nascondevano all'apertura, la pelle maculata che si confondeva con la pietra. Le branchie della creatura si aprivano e chiudevano ritmicamente, mentre un occhio bulboso ruotava nella sua direzione.

Questa volta Cruz si fermò prima di buscarle di nuovo. Se fosse uscito vivo da lì, i suoi incubi sull'incidente avrebbero avuto compagnia.

Un'ombra bloccò la luce. Una volta. Due volte. Cruz deglutì, chiedendosi cosa mai potesse accadere dopo. Perlustrò il fondale in cerca di un'arma. Le conchiglie sparse e i frammenti d'osso erano troppo piccoli per essere utili.

Il polpo si raggomitolò su se stesso, il colore che passava da un grigio maculato a un rosso profondo. Cruz si irrigidì, certo che un attacco fosse imminente. Invece di balzare, la creatura si fece da parte e la sagoma pinnata di una sirena entrò.

Sembrò che la pressione dell'acqua si facesse più intensa, e Cruz si costrinse a inspirare profondamente, percependo con imbarazzo la propria nudità. Cosa ci si aspettava da lui, ora?

Le pareti della grotta si illuminarono all'unisono, bagnando ogni cosa di una luce verde monocromatica. La sirena dalla coda color albicocca fluttuava lì, tenendo in mano una grande conchiglia di capasanta.

Avanzò, con gli occhi spalancati mentre lo studiava. Lui colse l'occasione per esaminarla a sua volta, ora che non era più distratto dal bisogno di respingere un'orgia violenta. Seni sodi, sormontati da capezzoli più scuri, accentuavano la grazia della sua figura snella. Non indossava abiti, ma aveva un braccialetto attorno a un polso e quello che sembrava un ago d'osso che le pendeva da un lobo. Le delicate pinne caudali che fluttuavano gli ricordarono una donna avvolta in un abito da sera mosso dal vento. Il suo sguardo scese più in basso, dove avrebbero dovuto trovarsi i genitali di lei, e non vide altro che una fessura discreta nella sua coda color albicocca e senza scaglie.

Come imbarazzata dalla sua attenzione, gli porse bruscamente la conchiglia.

Non era mai stato un amante dei molluschi crudi, ma rifiutare un dono avrebbe potuto sembrare un insulto. Se voleva andarsene da lì, doveva stare al gioco. Si diresse verso di lei a nuoto, con la mano tesa.

Lei si ritrasse, lasciando andare la conchiglia prima che lui avesse una presa salda. Questa fluttuò fino al fondale, le sue due metà che si separavano. Un assortimento di alghe si riversò fuori, scivolando lentamente verso il fondo sabbioso.

Lui le guardò, sbattendo le palpebre. Perché gli aveva portato una conchiglia piena di alghe?

Lei guardò il contenuto versato, poi lui, poi di nuovo il contenuto. Con i lineamenti contratti, scese sul fondale della grotta e cominciò a raccogliere i pezzetti.

Ok, per qualche motivo erano preziosi. Muovendosi lentamente, l'aiutò a raccogliere le foglie, riponendole nella mezza conchiglia. Lei gli offrì di nuovo la conchiglia, questa volta aperta come un vassoio.

Lui scosse la testa e segnò: «Cosa dovrei farci?» Era abituato a usare il linguaggio dei segni, che la gente lo capisse o no. La maggior parte delle volte i suoi gesti li aiutavano a farsi un'idea di cosa intendesse.

Un sorriso incerto le incurvò un angolo delle labbra. Da tra le sue ciocche ramate e fiammanti emersero due lunghe antenne, seguite dal muso dall'aspetto alieno di una canocchia pavone. Le antenne si agitarono e Cruz avrebbe giurato che la creatura stesse guardando proprio lui. La sirena prese un pezzetto verde, se lo mise in bocca, masticò e deglutì, poi gli porse di nuovo la conchiglia.

Doveva mangiarla? *Non poteva essere peggio di una vongola cruda.* Scegliendo un pezzo che sembrava un po' meno alieno degli altri, se lo mise in bocca e masticò. Di solito non era un gran mangiatore di insalata, ma l'alga aveva un buon sapore: croccante e salata, anche se stranamente gommosa.

La sirena annuì soddisfatta e ancora una volta indietreggiò verso l'uscita.

Le afferrò il polso con l'altra mano e segnò: «Resta, ti prego.»

La sirena si irrigidì, con gli occhi che si spalancarono. Aprì la bocca, i contorni della gola che vibravano di un suono che lui non poteva udire. Poteva però percepire una leggera vibrazione attraverso la presa sul suo polso. Qualcosa in essa gli fece fremere le viscere. Tuttavia, tenne la presa. Era la sua unica speranza di superare il polpo.

La luce verde che riempiva la grotta tremolò e ondeggiò in risposta al suo canto. Gli ricordò la prima volta che Jake lo aveva trascinato a un concerto rock, quando aveva scoperto di poter percepire il ritmo anche senza udirlo. Da allora era diventato un fan dei concerti rock. Lei chiuse la bocca e fissò il punto in cui lui le teneva ancora il polso, poi tornò al suo viso.

Cruz si indicò di nuovo e poi indicò la porta. «Posso andare?»

Le delicate sopracciglia della sirena si aggrottarono. Inclinando la testa, la sirena mosse di nuovo le labbra.

Lui si picchiettò un dito sull'orecchio e poi sulle labbra, segnando: «Sono sordo».

Lei sbatté le palpebre, lo sguardo che seguiva il suo movimento. Speranzoso, lui indicò di nuovo la porta.

I suoi lineamenti si trasformarono in rammarico e lei scosse la testa. Agitò le dita nella direzione del polpo, poi indicò lui e fece un gesto di presa.

Beh, quello era ovvio. Il polpo lo avrebbe fermato se avesse cercato di andarsene. Ma lei sembrava avere un certo controllo sull'animale, quindi perché non poteva dirgli di lasciarlo andare? Fece il segno per polpo, poi indicò lei e fece il segno per nuotare. «Non puoi lasciarmi passare?»

Lei sorrise, i denti aguzzi che brillarono tra le sue labbra. Un allarme gli fece fare un balzo nelle viscere, ma il sorriso era privo di malizia. Si indicò e poi la porta della grotta, annuendo. Poi indicò lui e scosse di nuovo la testa, dicendo di no.

Quindi, lei poteva passare, ma lui no.

Sembravano cavarsela abbastanza bene con il linguaggio dei segni, quindi lui chiese: «Perché no?»

Tutto quello che fece fu scuotere di nuovo la testa. Si chiese se il motivo avesse a che fare con le altre sirene. Ad ogni modo, lei non poteva o non voleva aiutarlo ad andarsene, almeno non ancora. Le si liberò il polso dalla presa e si allontanò.

Aveva sentito dire che, se si viene presi in ostaggio, conviene mostrarsi umani; ma dubitava che funzionasse con creature mitologiche. *Creature mitologiche sexy.* Jake gli avrebbe consigliato di chiederle il nome e il numero. E se l'avesse trattata come una donna, non come una carceriera?

Indicandosi il petto, fece seguire il suo soprannome nel linguaggio dei segni, formando una coppa con le mani e spingendole in avanti come una barca. Chiamarsi Cruise era molto più facile che compitare Cruz lettera per lettera alla gente, e spesso suscitava una risata.

Lei si immobilizzò, fissando il suo gesto.

Lui ripeté il gesto un paio di volte, poi la indicò. «Il tuo nome?»

La comprensione le si dipinse sul volto. Sembrò pensarci un attimo, poi mosse le mani come una marea calante. Carino. Gli piaceva. Marea calante. Un nome valeva l'altro in quel momento. Lui ripeté il gesto e sorrise. «Piacere di conoscerti, Ebby».

Non poteva dirlo con certezza in quella luce pallida, ma gli sembrò che arrossisse. Sentì le viscere attorcigliarsi. Doveva convincerla a farlo uscire da lì prima che si presentassero le sue amiche. Quelle sirene erano state veloci a scaldarsi. Forse un contatto fisico l'avrebbe aiutata a convincersi a liberarlo.

Avvicinandosi, si leccò le labbra, sfiorandole il braccio con la punta delle dita.

Gli occhi della sirena si spalancarono; poi si voltò di scatto e fuggì dalla grotta, lasciando dietro di sé solo sabbia smossa nella sua scia.

Sei

Ebby sfrecciò oltre Timuri e si inoltrò nella foresta di kelp, nuotando più veloce che poteva. Cruz era stato immune al suo canto, ma lei, a quanto pare, non era immune al proprio desiderio. Il modo in cui si era leccato le labbra e si era fatto avanti le aveva immediatamente inondato di calore i capezzoli, il ventre... e più in basso.

Inoltre, era decisamente affascinante quando le parlava con le mani. La magia delle sirene le conferiva una comprensione accelerata di tutte le lingue, ma non istantanea. Avrebbe avuto bisogno di qualche altra interazione per acquisire padronanza di quella nuova forma di linguaggio e, in realtà, le sarebbe potuto piacere conoscere quell'umano.

Scosse la testa e accelerò, serpeggiando tra le ondeggianti fronde di kelp come se fosse inseguita da un'orca assassina. Restare vicino a lui sarebbe stato pericoloso per entrambi.

Dopo qualche vasca controcorrente, si fermò, il sangue che le pulsava nelle orecchie. Kato spuntò timidamente dai suoi capelli e produsse un piccolo ticchettio, accarezzandole dolcemente la guancia con un'antenna. «Grazie, Kato. Sto bene.»

Che cosa aveva quell'umano da mandarla nel panico ogni volta che la toccava? Non era mai stata così turbata da nessuno degli altri umani che aveva cercato di salvare. Si muoveva con una grazia che non aveva mai visto prima, una grazia intrisa di sensualità. Ricordò il modo in cui aveva dato piacere alle altre sirene, e le sue viscere si contrassero. Per la prima volta, capì davvero perché le altre sirene usassero gli uomini in quel modo. Era difficile pensare ad altro che al sollievo quando il suo centro implorava di essere riempito.

Si passò il palmo piatto sul ventre, come se quell'atto di volontà potesse bandire le sensazioni fisiche che minacciavano di consumarla. Se non avesse ripreso il controllo di sé, l'umano sarebbe morto. Magari non per mano sua, ma per una delle tante altre insidie che potevano colpirlo. Gli umani non erano fatti per il mare.

«Se solo potessimo liberarci di Timuri», disse distrattamente.

Kato allungò una chela e le tirò l'orecchino — un dono di Lutana, ricevuto quando Ebby si era presentata per la prima volta alle altre sirene. Il gioiello era in realtà un dardo simile a un ago, intriso della tossina letale di un serpente marino. «Ogni sirena ha bisogno di una via d'uscita», le aveva detto Lutana.

Ma uccidere l'animale di un'altra sirena era un tabù, e avrebbe unito le altre contro di lei, decretando la condanna a morte di Ebby. Sfilò l'orecchino dalla presa di Kato. «Sai che non possiamo.»

La canocchia pavone sospirò delusa e si accasciò contro la sua spalla, arricciando la coda dietro la scapola.

Un banco di donzelle del Pacifico sfrecciò poco distante, attirando la sua attenzione. Seguì il movimento perfettamente coreografato, ascoltandole cinguettare tra loro mentre pensava al suggerimento dello zio Zantu. Solo perché avesse diretto i pesci oltre la grotta non significava che Timuri ne avrebbe catturato qualcuno, giusto? Il banco avrebbe potuto distrarlo dal suo dovere abbastanza a lungo da permetterle di portare via l'uomo, Cruz. «Pensi che possano seminare Timuri?»

Kato fece le fusa e si rifugiò all'indietro tra i suoi capelli, preparandosi a nuotare.

Ebby sospirò e annuì, a corto di idee. Facendo un giro attorno a una roccia maculata di coralli a forma di palma, spinse i pesci verso la grotta.

Al limitare della foresta di kelp, i pesci esitarono, restii a lasciare il riparo. Dall'altra parte degli steli ondeggianti, Timuri attendeva appena dentro l'apertura della grotta, con la pelle che si mimetizzava perfettamente con la roccia circostante. Gorgonie e coralli punteggiavano la scogliera all'esterno, ma le altre creature marine sapevano di doversi tenere alla larga dalla stretta del polpo gigante. Deglutendo, si rese conto che avrebbe dovuto ordinare a quei pesci di muoversi in quella direzione. *È un'emergenza*, si disse. Eppure usare la magia su quelle povere creature le sembrava ingiusto.

Un lampo cremisi le colpì l'angolo dell'occhio, e si ritirò nella foresta giusto in tempo per vedere Urokotori fare una capriola giocosa oltre il bordo della scogliera.

La sirena dalla coda cremisi piroettò all'ingresso, scosse i capelli e intonò un canto di comando, ipnotico. Urokotori non si faceva scrupoli a usare la sua magia su altri esseri.

Il polpo gigante liberò l'ingresso, con i tentacoli che si avvolgevano e il becco che schioccava. Kato si ritirò ancora di più tra i capelli di Ebby.

Urokotori continuò a cantare, e le note passarono dal comando alla seduzione.

Dopo qualche istante, apparve il volto abbronzato di Cruz. Immobile, osservò Urokotori ondulare al ritmo del suo stesso canto, con le pinne rosse dispiegate in una piena dimostrazione di desiderio. Era davvero immune? Quel canto possedeva un potere ipnotico travolgente, quasi abbastanza forte da trascinare Ebby nella sua morsa. Si aggrappò a un tronco di kelp scivoloso con una mano e resistette.

L'umano rimase all'ingresso, osservando la sirena dai capelli scuri. Ebby ancora non capiva come, ma era evidentissimo che non ne fosse soggiogato.

La schiena di Urokotori si irrigidì, come se avesse percepito qualcosa di strano. Lo stomaco di Ebby si contrasse. Se la sirena avesse scoperto che Cruz era immune a lei, probabilmente lo avrebbe ucciso sul colpo.

Scattando in avanti, Ebby girò intorno a Urokotori, sperando di distrarla. «Vi stavo aspettando».

Le sopracciglia nere dell'altra sirena si unirono e le sue labbra rosse si arricciarono in un ghigno. «Sei ancora qui? Vattene. Hai avuto la tua occasione».

«Avete detto che avreste condiviso. Che sarei dovuta tornare a giocare». Ebby si fermò, bloccando la visuale dell'ingresso della grotta alla sirena più anziana. Cruz non sarebbe riuscito a nuotare abbastanza velocemente da scappare, ma forse lei poteva impedire a Urokotori di verificare che non fosse stato influenzato dal suo canto. Guardando oltre la spalla verso la grotta, emise una tremante nota di seduzione e gli fece cenno di uscire. Non aveva mai intonato quel canto prima e una parte di lei si ribellava al suo uso ora. *È immune. Non ne sarà influenzato*, si ricordò.

Lo sguardo di lui guizzò diffidente tra lei e Urokotori prima che avanzasse nella corrente.

Urokotori spinse Ebby con una gomitata, scaraventandola contro un vicino corallo spinoso. Il bordo abrasivo le tagliò una mano e una traccia di sangue riempì l'acqua. *Perfetto.* Ora avrebbe attirato ogni predatore nel raggio di miglia intorno.

I tentacoli di Timuri si tesero e il suo becco schioccò.

Ebby indietreggiò. «Quand'è stata l'ultima volta che avete dato da mangiare al vostro animale?»

Urokotori si strinse nelle spalle e fece un cenno a Cruz, che era già andato alla deriva per diversi metri. «Il mio animale avrà un pasto molto presto.»

Il polpo doveva averlo preso come un invito. Un tentacolo scattò fuori, afferrando Cruz per la caviglia.

Istantaneamente, Ebby emise un acuto trillo di comando. Con sua sorpresa, la creatura fermò il suo attacco. Prendere il controllo dell'animale di un'altra sirena non era solo difficile, ma anche un grande tabù.

«Come osi!» Urokotori si gonfiò, i capelli che si aprivano a ventaglio come un nido di serpenti marini.

Ebby tenne la posizione. «Se avete intenzione di uccidere l'umano, siate misericordiosa e fatelo in fretta — si è almeno guadagnato questo». Non aveva alcun desiderio di vedere Cruz ucciso, ma una morte rapida sarebbe stata meglio che essere mangiato vivo.

Urokotori ghignò, mostrando denti più affilati di quanto Ebby ricordasse. «Ma guarda, Ebby... credo che ti piaccia. Hai giocato con i miei giocattoli senza di me?»

Ebby si inumidì le labbra, il cuore che le batteva dolorosamente contro la cassa toracica. Lo zio Zantu l'aveva avvertita di non far credere a Urokotori che l'uomo avesse valore. Eppure, se Cruz non avesse avuto valore, sarebbe diventato cibo per polpi. Che altra scelta aveva? Si sfilò il braccialetto di papà dal polso. «Lasciatelo vivere, e vi darò questo.»

Urokotori tese la mano verso la conchiglia finemente intagliata.

Ebby lo tirò via, fuori dalla sua portata. «Promettetemelo.»

Gli occhi dell'altra sirena si socchiusero. Le sue labbra cremisi si incurvarono in un sorriso. «Con quel ninnolo puoi comprargli un altro giorno. Domani apparterrà a Timuri... a meno che tu non riesca a portarmi un altro regalo?»

«Forse», rispose Ebby, porgendole il gioiello e trattenendo a stento un sorriso. Se avesse saputo che liberare l'uomo sarebbe stato così facile, avrebbe fatto quello scambio molto tempo prima, nonostante il vuoto allo stomaco per la perdita del ninnolo di suo padre. Ma papà avrebbe approvato. Cruz sarebbe stato al sicuro sulla terraferma entro domani. Fece un cenno della mano, come se il braccialetto non fosse altro che un semplice ninnolo. «Ve ne porterò altri, se mi compiacerà.»

Urokotori rise, infilandosi il braccialetto al polso e incrociando le braccia. Squadrò Cruz con lascivia. «Beh, mi aveva convinta a tornare per un altro round. Suppongo che sia degno di una prima volta per te. Timuri, rimettilo a posto.»

Ebby si irrigidì. «Avete detto che era mio.»

Urokotori inarcò un sopracciglio. «Ho detto che poteva vivere un altro giorno. Non ho detto dove.»

«Non era questo l'oggetto del mio scambio...»

Ancora una volta la sirena cremisi si gonfiò, il suo potere palesemente superiore che irradiava in onde capaci di far scorrere la corrente al contrario. «Questo è esattamente ciò per cui hai scambiato. Se non ti piace, non tornare».

Tutto quello che Ebby poté fare fu guardare, impotente, mentre il polpo si sistemava di nuovo a guardia dell'ingresso.

Con le zampe uncinate di Kato che le irritavano la nuca, Ebby fluttuò fuori dalla grotta, troppo agitata e arrabbiata per entrare. Urokotori l'aveva ingannata, privandola del suo braccialetto.

«Puoi entrare pure, Tesoro», cantò la sirena. «Dentro non c'è molto spazio per le acrobazie, ma sono sicura che te la caverai.»

Mentre la sirena dalla coda rossa radunava un vicino banco di pesci Garibaldi, Ebby fantasticò di usare l'arpa da pesci di sua madre per richiamare ogni predatore nelle vicinanze e far fare a pezzi l'altra sirena e il suo animale. Non che avesse mai imparato a suonare lo strumento: giaceva al sicuro nel forziere del tesoro di papà, insieme alla scorta di gioielli che aveva accumulato nella speranza di impressionare la sua compagna.

Almeno Urokotori diede da mangiare al suo animale, battendo le mani allegramente mentre il polpo afferrava i pesci arancioni dalla corrente con più tentacoli, spezzandoli in due con il becco.

Ebby rabbrividì. Timuri, ormai sazio, sarebbe stato impossibile da attirare via. E Urokotori avrebbe probabilmente richiesto un altro pagamento al sorgere del sole. Finché Ebby non avesse ideato un nuovo piano, avrebbe dovuto proporre un secondo scambio.

Voltandosi, sfrecciò via nella foresta di kelp. La luce del sole che si rifletteva sulla superficie sopra di lei le fece capire che la notte sarebbe presto calata. Girovagò tra le imponenti alghe, tornando sui suoi passi un paio di volte per assicurarsi di non essere seguita. Le sirene non costruivano né mantenevano nidi, ma lei aveva cercato di preservare quello di papà, insieme al suo portagioie. Nella luce che svaniva, scostò le gorgonie e si infilò di lato tra i fitti steli di kelp, nella radura.

Kato si arrampicò immediatamente fuori dai suoi capelli e si mise al lavoro per tagliare le spugne marine troppo cresciute, che un tempo erano servite da letto a suo padre. Uno strato grigio di sedimento copriva ogni cosa, dall'alto specchio che papà aveva puntellato con un mucchio di pietre ai barili impregnati d'acqua che usavano come sedie. Avrebbe dovuto tornarci presto per fare un po' di manutenzione, altrimenti non sarebbe rimasto più nulla del nido.

Tirando il piccolo portagioie fuori dalla sabbia che si era accumulata intorno, lo posò sulla pietra piatta che lei e papà avevano usato come tavolo, e fece leva sulla chiusura di ottone. Il coperchio, tuttavia, si rifiutò di aprirsi. La luce stava svanendo rapidamente, eppure lei esaminò i cardini. Sembravano corrosi, e alcuni cirripedi si erano incrostati su un angolo.

Sdraiandosi sulle spugne, Ebby fissò la luce violacea che filtrava dall'acqua, sopra di lei. «Come farò a scegliere qualcosa da scambiare, se non riesco nemmeno ad aprire la scatola?»

Kato spazzò via la sabbia dal piano del tavolo con colpi brevi e rapidi della coda, apparentemente contento di avere qualcosa da fare.

Ebby sospirò. Cruz avrebbe saputo come aprire lo scrigno? Non voleva davvero portare con sé l'intero forziere: se Urokotori avesse visto quanto possedeva, avrebbe sicuramente alzato il prezzo. Per non parlare del fatto che l'arpa da pesci della mamma era all'interno. Ma in quale altro modo avrebbe potuto trovare qualcosa con cui comprare la sua libertà?

Consapevole che Urokotori avrebbe potuto dichiarare nullo il loro accordo all'alba, si mise il portagioie sotto un braccio. «Kato, vieni?»

La canocchia pavone sospirò, dando un ultimo colpo di coda che sollevò una nuvola di sabbia dal tavolo, prima di raggiungerla. Ebby si affrettò a tornare alla grotta, schivando un banco di castagnole che si nutrivano di notte e canticchiando un avvertimento sonoro per allontanare eventuali grandi predatori in agguato nelle vicinanze.

Quando arrivò all'ingresso della grotta, l'oscurità totale avvolgeva il fondale marino. Dov'era Urokotori? Un rapido impulso sonoro rivelò solo mare aperto. Un nodo doloroso le si formò nello stomaco. L'altra sirena aveva promesso soltanto che sarebbe vissuto un altro giorno, non che non lo avrebbe usato. Era nella grotta con Cruz, proprio in quel momento?

Ignorando lo sguardo curioso di Timuri, Ebby si fece strada all'interno, intonando un canto per dare vita al fitoplancton sulla parete. Con suo sollievo, Cruz era vivo e solo.

Poi si rese conto di cosa quello significasse.

Era sola con un uomo — snello, e nudo.

Le tornarono in mente le parole piene di fiducia dello zio Zantu. *Ho fiducia in te*. Poteva farcela.

Sette

Lavorando nell'oscurità quasi totale, Cruz strofinò il bordo largo della conchiglia contro la parete rocciosa, fermandosi di tanto in tanto per provare il filo della conchiglia. Sperava che potesse fungere da arma di qualche tipo. Il modo in cui quella sirena dalla coda rossa gli aveva sorriso, con quei denti malvagiamente appuntiti, gli fece credere che avesse in mente ben più di un'altra orgia. Se non fosse riuscito a cavarsela con la seduzione, avrebbe combattuto per superare il polpo e scappare. Tuttavia, se Ebby si fosse ripresentata...

Non era del tutto sicuro di cosa pensare della sirena dalla coda color albicocca. Il suo primo istinto era stato quello di proteggerla. Beh, non proprio il primo istinto. Il ricordo delle labbra di lei contro le sue gli provocò una stretta al basso ventre. Scacciò quel pensiero.

Sembrava che lo stesse proteggendo. Lo aveva nutrito. Gli aveva detto il suo nome. Aveva persino fatto qualcosa per impedire alla coda rossa di... qualsiasi cosa avesse pianificato.

Interruppe la sua affilatura, fissando il fitoplancton scintillante che si era staccato dalla parete e ora fluttuava intorno a lui come minuscoli diamanti color foglia di tè. Conosceva a malapena Ebby, ma quel groviglio di emozioni che lei gli suscitava nello stomaco non assomigliava a nulla che avesse mai provato prima. Doveva restare lucido se voleva uscire di lì vivo.

La grotta si riempì di una luce improvvisa e lui si voltò di scatto verso l'ingresso, stringendo la conchiglia in preparazione allo scontro. Ebby fluttuava sulla soglia, con una piccola scatola sotto il braccio. Con il cuore a mille, non era sicuro di cosa fare. Una parte di lui voleva nasconderle l'arma per la vergogna.

Lei non parve notare il suo conflitto interiore e posò la scatola sul fondo della grotta. La canocchia che si nascondeva tra i suoi capelli le scivolò lungo il braccio e si posò sulla scatola come un cane da guardia in miniatura. Un sorriso increspò l'angolo della bocca di Cruz, nonostante la sua incertezza. Perché non lo sorprendeva che Ebby avesse scelto proprio una canocchia come animale domestico?

Fluttuava incerta sulla soglia. Le sue braccia pallide erano spoglie del pesante bracciale. Cosa aveva ottenuto in cambio? Ovviamente non la sua libertà, altrimenti il polpo non lo avrebbe ricacciato qui dentro. Adesso apparteneva a Ebby? Per lunghi istanti, si scambiarono sguardi silenziosi. *A quanto pare, la prima mossa spetta a me.* Ma quale mossa, non lo sapeva. Di certo non quella sciocca arma fatta di conchiglia che teneva in mano. Posò la conchiglia sulla sabbia dietro di sé.

Quando rialzò lo sguardo, lei indicò la conchiglia, poi segnò: «Altro?»

Un rossore gli imporporò il collo e dovette evitare di guardare nell'angolo dove aveva gettato le alghe. Pensava che stesse nascondendo la conchiglia perché l'aveva mangiata tutta. Scosse la testa. «Che cosa è successo là fuori con Coda Rossa?»

Lei gli osservò attentamente le mani, una graziosa piccola ruga le apparve tra le sopracciglia. «Cibo?»

Ah, diavolo. Per un attimo, gli aveva fatto dimenticare che non capiva la lingua dei segni. "Cibo" e "altro" erano solo parole da bambini che anche i più piccoli potevano imparare.

Sospirò. Circolandosi il polso con l'altra mano per indicare "bracciale", le indicò il polso ora nudo. «Hai scambiato», segnò. «Perché?»

Il suo volto emanava incertezza, poi annuì e ripeté il gesto di circondarsi il polso. «Il mio bracciale.»

La maggior parte delle persone non provava a segnare, aspettandosi che lui leggesse le labbra. Lei stava tentando di parlargli con le mani. Un calore gli si diffuse nel petto. Fece di nuovo il segno per lo scambio, poi indicò se stesso. «Scambiato per me?»

Lei annuì e segnò: «Scambiato il mio bracciale per te.»

Accidenti, sta già mettendo insieme delle frasi. Imparava in fretta. Lui indicò l'apertura buia. «Posso andare?»

I suoi occhi erano tristi mentre scuoteva la testa.

«Ho scambiato il mio bracciale», segnò, aggiungendo: «Un giorno.»

Quella sensazione sdolcinata si fece di nuovo strada dentro di lui. Lei ovviamente voleva un dialogo più complesso del semplice indicare, il che era un'interazione migliore di quella che aveva avuto con una donna da molto tempo. Represse la sua eccitazione. *Concentrati sull'obiettivo. Fuggire.*

L'altra sirena era ovviamente il capo, ma Ebby gli aveva comprato un solo giorno di tregua da quello che sarebbe stato il suo destino. «Cosa succede dopo un giorno?»

Ebby scosse la testa, gli occhi improvvisamente feroci. Indicò la scatola che aveva posato sul pavimento poco prima. «Apri.»

La scatola era coperta di cirripedi e il legno era gonfio, ma ora la riconobbe per quello che era: un portagioie. Allungò la mano per prenderla.

La canocchia a guardia della scatola assunse una posizione aggressiva, con la coda sollevata e le zampe appuntite e rigide. Cruz sapeva che le canocchie potevano sferrare un colpo potente se minacciate, un colpo che rivaleggiava in forza con un proiettile di piccolo calibro. Non aveva mai sentito dire che una avesse attaccato un essere umano, ma il suo mondo era già stato stravolto dall'impossibile quel giorno. Non aveva intenzione di rischiare un malinteso. Si fermò e si voltò verso Ebby. «Vuoi che lo apra io?»

Lei annuì e scacciò la canocchia. Quella si rifugiò contro la parete posteriore e si seppellì rapidamente nella sabbia.

Con cautela, si inginocchiò sul fondo sabbioso accanto al piccolo forziere, osservando Ebby con la coda dell'occhio. Lei si torceva le mani, la fronte aggrottata. Il coperchio si rifiutava di muoversi. Alzando lo sguardo verso di lei, segnò: «È chiuso.»

Lei si morse il labbro inferiore. «Non riesci ad aprirlo?»

Lui si accigliò. Come faceva a conoscere improvvisamente così tante parole? Le lanciò un'occhiata severa. Un conto era mettere insieme qualche parola, ma il suo vocabolario stava crescendo a passi da gigante. «Conosci la lingua dei segni?»

Lei si strinse nelle spalle e lo indicò. «Imparo in fretta.»

Lui sbatté le palpebre, non sicuro di aver capito bene. «L'hai imparata da me? Ma come? Abbiamo a malapena parlato!»

Lei si strinse nelle spalle. «Magia delle sirene.»

I suoi occhi seguirono la mano che lei fece ondeggiare sotto la vita per indicare la parola "sirena" e, quando lui la guardò di nuovo in faccia, lei era arrossita. *Accidenti*, era intrigante. E l'argomento della magia non era nemmeno quello che lo intrigava di più. Si sentiva come a un primo appuntamento, a conversare durante la cena. Aveva così tante domande per lei che non sapeva da dove cominciare.

«Per favore, riesci ad aprirlo?» chiese di nuovo lei.

Sentendo un inspiegabile desiderio di compiacerla, esaminò la serratura. Tra i suoi molti lavori, aveva passato un breve periodo come fabbro. Ma non si trattava di scassinare una serratura. I cirripedi avevano incollato la fessura lungo due bordi e le cerniere erano corrose in modo irreparabile. Girandolo su un fianco, passò le dita lungo la fessura. «Potrei provare a romperlo.»

La tristezza sul suo volto lo fece riconsiderare. Quel forziere significava ovviamente qualcosa per lei. Si guardò intorno sul fondo della grotta e il suo sguardo si posò sulla grande conchiglia che stava affilando. Poteva essere abbastanza forte da forzare il coperchio con un danno minimo.

La prese e la infilò nella fessura ad angolo. Il legno impregnato d'acqua si ammaccò, ma quando fece pressione, la conchiglia si ruppe, lasciando una tacca nel suo bordo affilato. *Oh, diavolo.* Addio alla sua arma.

Usando un'altra sezione della conchiglia, staccò i cirripedi e fece leva di nuovo, con più attenzione stavolta. Dopo qualche minuto, riuscì ad allargare una crepa abbastanza grande per le sue dita e, da lì, forzò le cerniere fino a farle stridere e aprire.

Ebby gli rivolse un sorriso raggiante, più luminoso del contenuto scintillante della scatola. Una sensazione sdolcinata inondò Cruz dallo stomaco alla testa. Ricambiò il sorriso prima di rendersi conto di cosa stava facendo. *Questa deve essere la sindrome di Stoccolma.* La cosa buffa era che, in quel momento, non gli importava affatto.

Cercando di ricomporsi, si concentrò sul tesoro. Conchiglie sciolte, perle e frammenti di vetro lucido erano sparsi tra oggetti di fattura umana. Un orecchino a goccia di diamante. Un bracciale d'argento filigranato. Una spessa catena d'oro. «A cosa serve tutto questo?»

Il suo sorriso vacillò. «Per scambiarti.»

Non aveva idea di quali fossero le motivazioni di Ebby, ma era grato. Lì dentro dovevano esserci migliaia e migliaia di dollari di oro e gioielli. In un angolo della scatola c'era un fagotto avvolto nella seta non molto più grande di un cellulare. Lo prese e lo aprì per rivelare una strana conchiglia bianca con lunghi e sottili rebbi dalle punte d'oro. Una tiara? Se la mise in testa e le fece un occhiolino scherzoso, cercando di farla sorridere. «Dove l'hai presa?»

Il suo volto sembrava sconvolto.

Lui si fece serio, riavvolgendo delicatamente la seta attorno all'oggetto. «Scusa. Non volevo mancarti di rispetto.»

Lei tentò di sorridere e segnò goffamente: «Di mia madre.»

Oh, diavolo. Stava rinunciando ai gioielli di famiglia per lui? Ora si sentiva davvero in colpa.

«Trovo anche molto sui relitti.» Prese la tiara dalle sue mani e la scartò ancora una volta. Offrendogli la seta, indicò i suoi fianchi, il volto che le si imporporava. «Agli umani piace coprirsi?»

Lui accettò il tessuto con gratitudine, legandoselo intorno ai fianchi come un kilt.

«La lingua dei segni è nuova per me», segnò lei. «Molti umani la parlano?»

La familiarità che si era creata tra loro si sgretolò. Perché si tornava sempre alla sua disabilità? «La lingua dei segni è per i sordi.»

«Sordo?» Ripeté il suo gesto, con lo sguardo curioso. «Significa che non senti?»

Lui annuì, raddrizzando la schiena. Riceveva una di due reazioni dalle donne quando si rendevano conto che era sordo: pietà o disprezzo.

Ma Ebby sembrava... eccitata. «Sei molto fortunato a essere sordo.»

Lui rise. *Fortunato?* Perché mai avrebbe dovuto considerarlo fortunato? «Non credo che fortunato sia la parola che intendi.»

Le sue ciglia fremettero mentre sembrava riflettere. «Privilegiato?»

Lui scosse la testa. «Neanche quello.»

Lei strinse le labbra. «Voglio dire che hai un vantaggio.»

Ora toccava a lui stringere le labbra. Intendeva davvero fortunato. «Perché dici che ho un vantaggio?»

«Non puoi essere controllato dal canto delle sirene.» Lei lanciò un'occhiata sopra la spalla verso l'uscita buia della grotta. «Ma devi fingere di esserlo se... non so come dire il nome... Coda Rossa? canta.»

Quindi, i miti sulle sirene erano veri. Potevano controllare un uomo con il canto. Cosa avrebbero potuto volere che lui facesse che non aveva già fatto? Le sirene non volevano far annegare i marinai o qualcosa del genere? «Cosa vuole?»

I suoi pugni si strinsero lungo i fianchi. «I canti costringono gli umani a giocare.»

Lui sgranò gli occhi. «A giocare?» All'improvviso, capì cosa intendeva; la prima orgia era stata solo l'inizio. «Intendi sesso?»

Con le guance arrossate, si girò leggermente verso la porta. «Molto, sì. Ma anche altre sensazioni.»

Il rossore di lei riscaldò il suo stesso sangue. «Altre sensazioni. Cosa significa?»

Lei fece un gesto verso il polpo. «Inseguimenti in acqua. Torture. È tutto intrattenimento.»

Il suo sangue passò dal caldo al freddo in un istante. Dopo essere stato ricacciato nella grotta, un banco di pesci si era avvicinato all'ingresso, inseguito dalla sirena dalla coda rossa. Il polpo li aveva afferrati, sollevando sangue e detriti mentre la sirena dalla coda rossa rideva e applaudiva alla carneficina. «Coda Rossa vuole darmi in pasto al polpo?»

Ebby si afflosciò e annuì. «Probabilmente.»

L'aveva sospettato, ma la conferma gli fece battere forte il cuore. Doveva andarsene da lì, il prima possibile.

Otto

Ebby osservò affascinata le espressioni che passavano sul volto di Cruz. Imparare una lingua significava tanto collegare il linguaggio del corpo alle parole, quanto mettere insieme le parole stesse, e lei trovava ipnotici i lineamenti rudi di Cruz. La linea decisa della sua mascella si era scurita con un velo di barba, e i suoi corti capelli scuri avevano una leggera ondulazione. I suoi occhi nocciola sembravano parlarle anche quando le mani erano ferme, e la sua bocca...

Il calore le imporporò le guance e lei abbassò lo sguardo. Il loro breve bacio sembrava marchiato a fuoco sulle sue labbra, facendole desiderare di averne un altro. Grazie a Nettuno, era riuscita a recuperare quella seta, così che lui potesse almeno coprirsi la parte inferiore del corpo. Il solo pensiero di cosa si nascondeva sotto il tessuto sottile le provocava delle fitte in fondo al ventre.

La mano di lui si mosse verso di lei e la ragazza indietreggiò. «Non devi toccarmi.»

Lui abbassò il braccio e invece frugò con le dita nel contenuto del forziere. Dopo un istante, segnò: «Perché mi stai aiutando?»

Ebby si umettò le labbra. La domanda era più complessa di quanto lui potesse immaginare. Quanto sarebbe stato facile cedere alla sua natura e prenderlo. Consumarlo. Ma un'altra parte della sua natura si aggrappava al ricordo di suo padre e alla sua determinazione a non essere mai come nessuno dei suoi genitori. Si strofinò il braccio, sentendosi nuda senza il bracciale che aveva usato come promemoria del suo voto. «Non sono come le altre sirene.»

Lui sorrise, con i denti che brillavano abbaglianti nel bagliore bioluminescente della grotta. «Lo so.»

Quell'affermazione le fece gonfiare il cuore e le serrò la gola. Una nota felice le salì dal petto, facendo tremolare le luci del fitoplancton in una gioiosa risposta.

Cruz si guardò intorno, con la bocca leggermente socchiusa mentre osservava le increspature correre lungo le pareti. Sembrava affascinato dallo spettacolo, così lei intensificò le sue note e ordinò alle minuscole creature di accendersi e spegnersi in esplosioni di fuochi d'artificio, onde fluttuanti e spirali di nautilo.

Quando ebbe finito, Cruz si voltò di nuovo verso di lei, con gli occhi illuminati. «Sei stata tu?»

Lei annuì.

Un angolo della sua bocca si sollevò in un sorriso sornione. «Molto meglio dello spettacolo di Redtail.»

Il calore le riempì di nuovo il viso. *Abissi*, come poteva farla sentire continuamente così? Si voltò e studiò la parete come se fosse la cosa più interessante del mondo. Un rumore all'interno della grotta la fece irrigidire, e si girò di scatto, sicura che Urokotori le si fosse avvicinata di soppiatto.

C'era solo Cruz. Lui segnò: «Come faccio a respirare sott'acqua?»

«Magia delle sirene.» Ebby si spostò verso l'ingresso

della grotta e sbirciò fuori. Nessuno. Voltandosi di nuovo, chiese: «Hai sentito un rumore?»

Il viso di Cruz arrossì, e si indicò, aprendo la bocca. «Ehi.» Poi segnò: «Volevo attirare la tua attenzione e hai detto di non toccarti.»

Ebby rimase a bocca aperta. Le aveva mentito? Perché? «Avevi detto di essere sordo!»

Lui scosse la testa. «Sordo significa che non posso sentire. Posso parlare, ma non bene.»

Lei si avvicinò. «Come?»

Il suo volto si indurì, rendendolo difficile da interpretare, ma i muscoli della gola si mossero in una deglutizione; qualunque cosa dovesse dirle doveva essere dolorosa. «Ho perso l'udito quando avevo sette anni. Prima di allora, usavo la voce.»

«L'hai perso? Puoi riacquistarlo?»

Lui abbozzò un sorriso, ma la sua tristezza le fece comunque dolere il cuore. «No. Forse rotto è una parola migliore. Distrutto. Non sentirò mai più.» I suoi gesti erano secchi. Respinse le spalle all'indietro come per scrollarsi di dosso quella serie di domande. «Quindi, questo incantesimo mi rende... cosa? Un tritone, adesso?»

Lei rise e scosse la testa. «Non ti crescerà una coda. Quella magia è al di là del potere delle sirene.»

«Ma potrò sempre respirare sott'acqua?»

Oh. Era quello che stava chiedendo. Strinse le labbra e scosse la testa. «La magia deve essere rinnovata.»

Lui impallidì. «Cosa succede se scade?»

«Ti tirerò fuori di qui prima che accada.» Guardò il forziere del tesoro, chiedendosi quanto avrebbe dovuto dare a Urokotori perché ciò avvenisse.

Gli oggetti all'interno avevano tutti un valore sentimentale, ma nessuno era prezioso per lei quanto il bracciale a cui aveva già rinunciato. Nessuno tranne l'arpa di pesce. Quello era l'unico oggetto su cui non avrebbe mai potuto permettere a Urokotori di mettere le mani. Chinandosi, estrasse lo strumento dal forziere, con lo stomaco attanagliato dai ricordi.

Da non aveva mai saputo che lei l'avesse cercata dopo la morte di sua madre. Sua madre aveva attirato Da e innumerevoli altri tritoni all'obbedienza con le sue melodie. Da scherzava sempre dicendo che la magia dell'arpa poteva convincere una tartaruga marina a lasciare il suo guscio. Il delicato strumento era fatto di una rara spugna marina che si trovava nelle parti più profonde dell'oceano. Sebbene una spina si fosse rotta quando Ebby l'aveva trovata sul fondo delle Acque Selvagge, le nove spine rimaste con la punta d'oro erano esponenzialmente più potenti della più piccola arpa di Urokotori.

Ebby non aveva mai usato un'arpa. Non osava. Incarnava tutto quello che disprezzava delle sirene.

«Le altre sirene non devono mai mettere le mani su quest'arpa.»

«È un'arpa! Come la suoni? Come uno scacciapensieri?»

«No. Questa è un'arpa di pesce.» Toccò le spine, attenta a non evocare una nota. «È molto rara, anche tra le sirene. Aumenta il potere del nostro canto di cento volte. Più spine ha, più è potente. Le sirene non hanno bisogno di essere più forti di quanto non lo siamo già.»

Guardando intorno nella grotta, Ebby andò nell'angolo dove Kato si era sepolto e scavò una buca accanto a lui. Gli occhi del gamberetto erano tutto quello che si vedeva sopra la superficie e seguivano ogni sua mossa. Dopo aver deposto con cura l'arpa nella depressione, spinse di nuovo la sabbia sopra di essa. «Custodiscila con la tua vita, Kato.»

Il gamberetto avrebbe fatto proprio questo: anche se una delle sirene avesse scoperto che si trovava lì, non avrebbe esitato a ucciderlo, nonostante fosse l'animale domestico di Ebby. Kato fece un cenno affermativo con i peduncoli oculari, cauto per la vicinanza del polpo.

Ebby tornò al forziere e tirò fuori alcuni altri pezzi. Tutto sembrava piuttosto scialbo sotto la luce blu-verde. Il cuore le sprofondò mentre contemplava quali oggetti Urokotori avrebbe potuto preferire.

Sollevò una catenina sottile che ricordava essere d'oro rosa alla luce del giorno. Ora non sembrava altro che un filo da pescatore.

Forti dita sfiorarono le sue mentre Cruz accarezzava la lunghezza della catenina. Lo stomaco le balzò in gola e lei la lasciò andare.

Con un'abile torsione, lui aprì il fermaglio e glielo tese. «Posso?»

La collana sembrava aver riacquistato parte della sua brillantezza nelle sue mani e lei si ritrovò ad annuire.

Lui si protese intorno a lei, a un soffio dal toccarla, e allacciò la catenina. La sua spalla era così vicina che avrebbe potuto baciarla se avesse chinato la testa. Resistette, sentendo un tremolio interno. Così vicino, il suo fresco profumo di erbe permeava l'acqua e le faceva formicolare la pelle di desiderio. Come diavolo avrebbe potuto portarlo in superficie, una volta liberato, se non riusciva nemmeno a stargli vicino senza perdere la testa?

Sistemando la sottile catenina in modo che si immergesse appena nell'incavo tra i suoi seni, lui si ritrasse, il suo sguardo che accarezzava il percorso della collana lungo la sua clavicola. Lentamente, segnò: «Bellissima».

Se prima era agitata, ora si sentiva completamente sconvolta. Il calore le riempì non solo il viso, ma tutto il corpo. Non riusciva a distogliere lo sguardo. Niente in quell'oceano poteva essere affascinante neanche la metà di quell'umano. Indietreggiando, incerta su cosa stesse chiedendo, segnò: «Ti prego, non farlo».

«Ti ho toccata?» Alzò entrambi i palmi delle mani. «Ho cercato di stare molto attento».

Lei si morse un labbro e scosse la testa. Era stato molto attento. Ricordando la fiducia di suo zio in lei, si sforzò di rilassarsi. Prima del ritorno di Urokotori, Ebby doveva abituarsi a stare vicino a quest'umano ed esercitarsi a mantenere il controllo. Ma il pensiero di abbracciarlo per la nuotata le fece battere il cuore forte e veloce.

Datti una calmata, pensò, sistemando il corpo sulla sabbia il più lontano possibile da lui. «Mi parli degli umani?»

Passarono il resto della notte a parlare e, all'alba, lei era diventata piuttosto abile nella lingua dei segni. Aveva gli occhi annebbiati per la mancanza di sonno, ma il cuore si sentiva stranamente euforico e vivo al contempo. A metà mattina, Urokotori non era ancora arrivata, e lo stomaco di Ebby era un pozzo di fame. Lo stomaco di Cruz brontolò d'accordo. Per quanto ne sapeva, l'altra sirena avrebbe potuto non tornare mai più. Doveva uscire a cercare del cibo.

Scelse un bracciale d'argento dal suo forziere, lo lucidò con la sabbia e si avvicinò a Timuri. Il polpo era piuttosto intelligente in un modo strano e poteva trasmettere un messaggio a Urokotori. Ebby avrebbe voluto corromperlo per permettere all'umano di passare, ma un animale domestico non poteva mai infrangere un comando della sua padrona, anche a costo della vita. Tese il bracciale. «Dite a Urokotori che questo è per l'umano. Per un altro Giorno.»

Timuri srotolò un braccio ed Ebby infilò il bracciale sulla sua estremità. Lui lo ritrasse, nascondendo il gioiello sotto di sé.

Ebby si voltò a guardare Cruz nella grotta. «Torno presto con del cibo».

«Portami con te». Lui galleggiava in attesa in mezzo alla grotta.

«Non posso». Aveva immaginato tutti i modi in cui avrebbe potuto sovvertire l'ordine di Urokotori, ma la sirena era stata molto chiara nel suo comando: impedire all'umano di lasciare la grotta. «Sarai al sicuro finché non torno».

Si allontanò in fretta, sperando che quest'ultima affermazione fosse davvero vera.

❊❊❊

Cruz andava avanti e indietro sul fondo della grotta, lasciando scie luminose ogni volta che si spingeva dolcemente via dalla parete. Se non fosse uscito di lì presto, sarebbe impazzito prima ancora che le sirene arrivassero a torturarlo a morte. Ebby aveva detto che sarebbe tornata presto, ma quello poteva significare qualsiasi cosa, in termini di sirene.

Stava giusto finendo il suo ennesimo giro della piccola grotta quando un'ombra formosa bloccò la luce dell'ingresso. *Finalmente!*

Si voltò, aspettandosi Ebby, e si trovò faccia a faccia con un viso familiare, lentigginoso, e capelli viola. Stava cantando, facendo gesti di richiamo con le dita.

Mordendosi il labbro inferiore, Cruz ricordò l'avvertimento di Ebby: non far sapere alle sirene che non era soggiogato. Ma avanzare poteva essere come mettere la testa nella bocca di uno squalo affamato. Si avvicinò lentamente, fingendosi un nuotatore goffo per guadagnare un po' di tempo. Sebbene lei sorridesse, i suoi denti malvagi brillavano nella luce bioluminescente della caverna. La fessura genitale, fin troppo familiare, sulla sua parte anteriore sembrava gonfia e pulsante. Il cuore gli martellava mentre cercava di leggere le sue intenzioni — scherzose o fameliche?

Entrambe le opzioni erano ugualmente sgradevoli.

Non appena fu a portata di mano, la sirena gli infilò le dita sotto il perizoma e gli afferrò il membro. E non troppo gentilmente.

Lo strattonò a sé e gli sbatté la bocca contro la sua, le punte affilate dei suoi denti che gli tagliavano le labbra. Cercando di assecondarla, aprì la bocca e la baciò a sua volta, facendo scivolare la lingua tra i suoi denti aguzzi. Allungò una mano e le pizzicò un capezzolo, ripassando mentalmente tutti i passi che avrebbe potuto fare per compiacere una donna. La pelle gli si accapponò ovunque entrasse in contatto con la sua, dalle labbra fameliche alla mano sul suo membro, che esigeva più di quanto lui volesse concedere.

Lei si spinse contro di lui, la mano saldamente alla base del suo membro. Sebbene avesse una lieve erezione, non era abbastanza duro da penetrarla, e il suo agitarsi divenne sempre più frenetico.

Dopo alcuni minuti infruttuosi, lo spinse via: il suo viso non era più minimamente attraente. Ruggì mostrando i denti, poi aprì la bocca. Il fitoplancton della grotta divenne accecante e l'acqua sembrò tremare tutt'intorno a lui.

Si leccò le labbra, sentendo il sapore del sangue, e si mosse in avanti, incerto su cosa potesse starle comandando.

Non sesso, a giudicare dal modo in cui lo spinse di nuovo via con un pugno secco al petto. Volò all'indietro, sbattendo contro la parete con forza sufficiente da restare senza fiato.

La sirena si girò e lasciò la grotta in un turbinio di sabbia.

Cruz si staccò dalla parete e soffocò, inghiottendo una boccata d'acqua. I suoi polmoni si contrassero in preda al panico.

Resta calmo. I suoi anni di esperienza da subacqueo presero il sopravvento. Aprì la bocca per assaporare un altro respiro, come avrebbe fatto da un erogatore durante un'immersione. L'acqua gli scorse oltre i denti, salandogli la lingua.

L'incantesimo del respiro si era spezzato.

Nove

E bby aveva appena posato l'ultima, carnosa fronda d'alga in una ciotola a conchiglia, quando un'ombra familiare dalla coda viola le passò sopra la testa. Selachii tornò indietro, il viso lentigginoso contratto in un'espressione di disgusto. «Non posso credere che tu abbia davvero pagato per tenere in vita quell'umano. È completamente prosciugato. Ugh.»

All'idea dell'altra sirena che gli si strusciava addosso, Ebby sentì salire la nausea. Come faceva Selachii a sapere dell'accordo? *Abissi!* E se Urokotori fosse tornata alla grotta mentre lei era via? Era ancora lì? Stringendo più forte la ciotola di alghe, chiese: «C'è Urokotori?»

«Non c'era quando sono andata via. Ma capisco perché». Selachii si scostò una ciocca di capelli dal viso e si lisciò una mano sul fianco, come per spazzolare via della sabbia invisibile. Il suo pesce balestra le si avvicinò rapidamente per pulire la zona. «Non è riuscito nemmeno a farselo venire duro». La sirena sghignazzò. «Devi averlo contagiato con la tua noia.»

Ebby si voltò dall'altra parte. «Come se m'importasse. Perché non vai a torturare qualche leone marino e mi lasci in pace?»

«Ottima idea.» Selachii batté le mani. «Dovresti venire anche tu.»

Anche se il cuore le batteva all'impazzata, Ebby non si degnò di rispondere, fingendo di continuare la sua raccolta.

«Che noia», disse Selachii, calciando dei sassolini verso Ebby mentre si allontanava, saettando via.

Nell'istante in cui le pinne viola svanirono nelle profondità torbide, Ebby lasciò cadere la sua ciotola e corse verso la grotta. Era già troppo tardi? Sfrecciando oltre il sorpreso Timuri, irruppe nella caverna e trovò Cruz che galleggiava a pancia in su, contro il soffitto. Emise un grido, mandando il fitoplancton in una frenesia di luce.

Cruz girò la testa per guardarla.

Un'ondata di sollievo la fece accasciare sul fondo sabbioso. Era vivo. Non le importava nemmeno che fosse stato con Selachii, purché fosse vivo e non ferito.

Lui le fece un segno: «Non riesco a respirare».

Sentì una stretta allo stomaco quando vide delle bolle d'aria fuoriuscire dal suo naso. Un'occhiata al soffitto le rivelò che si era aggrappato alla vita boccheggiando nelle sacche d'aria intrappolate contro la solida roccia della grotta. Non sarebbe sopravvissuto a lungo in quel modo.

Doveva rinnovare l'incantesimo del respiro.

Tremava da capo a piedi: il più breve contatto con la mano di lui la rendeva nervosa. Come avrebbe gestito l'intimità di un bacio del respiro? I suoi istinti di sirena avrebbero preso il sopravvento?

Non importava. Non c'era tempo da perdere.

Prima di poterci ripensare, lo strappò dal soffitto, gli

avvicinò il viso al suo e gli posò un bacio casto sulle labbra, poi sfrecciò via.

Lui ebbe una convulsione e si spinse di nuovo il viso contro il soffitto.

Non aveva mai dato un incantesimo del respiro prima di allora e non era sicura di come funzionasse, ma a quanto pareva il solo toccarsi le labbra non era sufficiente.

Abissi.

Facendosi forza, avanzò di nuovo. Questa volta lo strinse in un abbraccio completo, sigillando le proprie labbra contro le sue. Le braccia di lui le si avvolsero disperatamente intorno alle spalle, come se potesse risucchiare l'aria da lei attraverso il bacio. Forse era così. Socchiuse le labbra e rilasciò un rivolo di bolle nella sua bocca.

Il suo petto si gonfiò sotto l'abbraccio di lei. Lui le fece scivolare una mano fino all'incavo della schiena, tenendola stretta. La barba ispida sopra il suo labbro le solleticò la bocca, e lei si rese conto di come i loro corpi sembrassero allinearsi in tutti i punti giusti. La superficie dura dei suoi addominali contro il suo ventre più morbido. Il suo petto nudo contro i seni di lei, la fine peluria che le solleticava i capezzoli. Ora respirava, eppure sembrava riluttante a lasciarla andare.

E poi sentì la lingua di lui sfiorare la sua. Il contatto la attraversò da parte a parte come se la stesse baciando in posti che non erano solo la sua bocca. La mano sulla sua schiena risalì lungo la spina dorsale. Lui le infilò le dita tra i capelli alla base del collo, guidandole la testa per approfondire il bacio, spingendo la lingua di lei in avanti per intrecciarla con la sua.

Un piacere indescrivibile la attraversò come una droga. Emise un gemito e gli succhiò la lingua. Lui rabbrividì, le braccia la schiacciarono contro la sua corporatura possente.

Lei passò una mano sulla barba ispida della sua mascella e intorno all'orecchio, fino ai possenti muscoli della nuca. Per Nettuno, non avrebbe mai immaginato che un bacio potesse possederla così completamente. Era un effetto collaterale dell'incantesimo del respiro? L'altra mano tracciò i muscoli levigati lungo la sua cassa toracica e su, fino a una spalla ampia.

Le sue labbra si mossero contro quelle di lei come se potesse divorarla, le braccia la tenevano stretta. Non lo aveva sedotto con un canto, e anche se ci avesse provato, lui era immune. Eppure la desiderava.

Lui la desiderava decisamente.

La sua erezione era cresciuta tra di loro. Un leggero ondeggiare dei suoi fianchi sopra quella linea lunga e dura lo fece gemere nella sua bocca. L'unica cosa che lo separava dalla fessura di lei era il sottile kilt di seta che lui indossava sui fianchi. Come sarebbe stato facile sollevarlo. Tirarlo fuori. Spingersi in avanti e riempirsi del suo calore.

Le sue mani scesero a coppa sul suo sedere e la spinsero contro di lui, l'erezione che pulsava contro la sua apertura. Il suo centro si tese per l'attesa. Che sensazione avrebbe provato ad averlo dentro di sé? A sentirlo strofinare contro la sua parte più profonda. A riempirla ancora e ancora. Voleva aprirsi a lui più di quanto avesse mai desiderato qualsiasi altra cosa nella sua vita. Voleva che lui la conoscesse.

Devo fermare questa cosa prima che si spinga oltre.

Si allontanò rigidamente, riluttante a rinunciare al suo tocco.

I suoi occhi erano dilatati, le punte delle dita scivolavano via dalla sua pelle con desiderio.

Sbattendo le palpebre una volta, le fece un segno: «Grazie.»

Ebby si leccò le labbra gonfie per il bacio e annuì. «Mi dispiace.»

«Per cosa?»

«Non ho mai considerato Selachii una minaccia.»

«Selachii è la sirena viola?»

Annuì. Lasciarlo di nuovo lì da solo non era un'opzione, a meno di non comprare tutte e tre le sirene, e non aveva abbastanza gioielli per quello, per non parlare del fatto che era solo una soluzione temporanea. Doveva escogitare un modo per fargli superare Timuri e riportarlo sulla terraferma.

La sua mano andò all'orecchino a dardo che Lutana le aveva dato. No, aveva già scartato quell'idea. Uccidere Timuri sarebbe stato imperdonabile. Ma comandarlo? Le sirene raramente riuscivano a esercitare il controllo sull'animale di una rivale, ma Ebby aveva qualcosa che Urokotori non aveva: l'arpa-pesce di sua madre. Usando l'arpa più potente, l'incantesimo di comando di Ebby avrebbe potuto sopraffare quello di Urokotori.

Percependo la sua agitazione, Kato si liberò dalla sabbia e si accovacciò sul nascondiglio dell'arpa. Lei si inginocchiò accanto a lui, sollevandolo nel palmo della mano fino all'altezza del viso. «Non preoccuparti, caro amico. Non voglio un nuovo animale.»

Le sue antenne si agitarono inquiete.

Lo posò e dissotterrò con delicatezza la fragile arpa. Comandare Timuri avrebbe richiesto una forte magia, e ci sarebbero stati sicuramente dei tentativi ed errori mentre affinava la sua abilità. Nonostante le piccole dimensioni, l'arpa le pesava in mano mentre si voltava verso l'uscita della grotta.

L'attenzione di Cruz si spostò dal suo viso alla sua mano e di nuovo al viso. «Pensavo avessi detto che lei non l'avrebbe mai avuta.»

«Non è per lei.» Ebby deglutì a fatica. «La userò io.»

«Posso aiutarti?»

Si rese conto allora che avrebbe dovuto rimanere vicino a Timuri per mantenere il controllo e spostarlo abbastanza lontano da permettere a Cruz di fuggire. L'umano avrebbe dovuto nuotare da solo verso la superficie. Sfilandosi l'orecchino a dardo, glielo porse. Una volta che lui lo ebbe preso, lei gli fece goffamente un segno con una mano: «Questo ucciderà una sirena, ma usalo solo come ultima risorsa. La superficie è lontana e ci sono più sirene che dardi.» Gli spiegò il resto del suo piano. «Ti raggiungerò una volta che sarai uscito dalla grotta e mi assicurerò che tu arrivi a terra. Nuota più veloce che puoi.»

Lui mise da parte il dardo e allungò la mano verso l'arpa marina. Lei la sottrasse bruscamente alla sua portata. Lui le fece un segno: «Lascia che te la metta sulla collana, così non la perdi.»

Aveva dimenticato di indossare la catenina. Cedendo la presa, gli permise di sganciare la chiusura della catenina. Le dita di lui che le sfioravano la pelle la fecero rabbrividire. In pochi istanti, lui aveva infilato il filo dorato in uno dei tanti piccoli fori sul dorso dell'arpa e le aveva rimesso la collana al collo. Il piccolo strumento non pesava quasi nulla, eppure sembrava un peso di piombo intorno al suo collo.

«Pronto?» chiese.

Lui annuì.

Raddrizzando le spalle, si diresse verso l'ingresso proprio mentre una slanciata figura rossa bloccava la luce.

Urokotori si mise le mani sui fianchi e passò lo sguardo su Cruz. «Selachii, hai detto che l'umano era morto.»

Ebby coprì l'arpa con un palmo. Urokotori aveva quasi ucciso Selachii in una battaglia per la piccola arpa-pesce che la sirena rossa ora possedeva. Cosa avrebbe fatto pur di mettere le mani su un'arpa più grande e potente?

La voce di Selachii fluttuò nell'acqua da qualche parte dietro Urokotori. «Non è morto?»

«Il nostro gamberetto ha deciso di salvarlo.» Le dita di Urokotori tamburellarono contro i fianchi. «Cosa trovi di così affascinante in lui, Ebby, se non hai intenzione di scopartelo?»

«Non capisco.» Il viso di Selachii apparve sopra la spalla di Urokotori. Le sue sopracciglia viola si aggrottarono.

Ebby si mise di fronte a Cruz. «Voglio comprare la sua libertà. Per davvero questa volta, vivo e restituito alla terraferma.»

Urokotori scosse la testa, il viso mascherato dalla delusione. «Non avresti mai dovuto scegliere di essere femmina, Ebby. Non sei proprio portata per questo ruolo.»

«Cosa Le importa, se lo sono o no?»

Togliendo le mani dai fianchi, Urokotori puntò un lungo dito adunco nella grotta, i capelli che le si contorcevano intorno come alghe. «Sto cominciando a stancarmi di questo gioco, sorellina. Oggi diventerai una vera sirena.»

Il battito cardiaco di Ebby rimbombò forte nelle sue orecchie. «Non può obbligarmi.»

Un sorriso malvagio assottigliò le labbra cremisi di Urokotori. «Oh, davvero? Questa mi sembra una sfida divertente.» Inclinò la testa da un lato. «Ti faccio una proposta — seducilo prima del tramonto e lo lascerò uscire dalla grotta.»

«Se si lascia sedurre» si intromise Selachii. «Quando sono stata qui prima, era un buono a nulla.»

La risata di Urokotori rimbalzò sulle pareti della grotta. «Una sfida per la nostra sorellina, allora. Se fallisce, daremo l'umano a Timuri.»

«No!» Ebby premette l'arpa-pesce fino a quando le punte non le affondarono nel petto. Se solo il canto delle sirene funzionasse contro altre sirene; non avrebbe avuto scrupoli a ordinare a quelle due di uccidersi a vicenda. Ma uccidere non era la risposta. Lo era la seduzione? Rinunciare alla sua verginità sarebbe stato così terribile se avesse salvato la vita di Cruz? *E se diventassi come Urokotori? Come Mamma?* Tremò al solo pensiero.

«Scopalo e togliti il pensiero», canticchiò Urokotori. «Lo sto facendo per il tuo bene.» Sollevò l'arpa-pesce a due punte che le pendeva tra i seni e ne pizzicò un dente. Una singola nota vibrò nell'acqua. «Guadagnati la sua libertà.»

Entrambe le altre sirene si scostarono all'indietro di un paio di metri e cominciarono a cantare.

Cruz non aveva idea di cosa stesse succedendo tra Ebby e le altre sirene, ma sapeva che non era nulla di buono. Quando la sirena rossa sollevò l'osso a forcella dal laccio che portava al collo, lo riconobbe per quello che era: una versione più piccola dell'arpa di Ebby. Guardò Ebby, aspettandosi che usasse la sua arpa più grande per respingere la sirena, ma Ebby rimase rigida, una mano che stringeva il ciondolo a forma di arpa così forte che temette potesse frantumare lo strumento.

La sirena rossa aprì la bocca in quello che doveva essere un canto di sirena, le dita adunche che pizzicavano la sua arpa.

Eppure, Ebby rimase immobile.

La sirena rossa stava usando la magia per paralizzarla? Il minuscolo dardo era ancora nella sua mano, ma c'erano due sirene, oltre al polpo in agguato. Allungando dita esitanti, circondò il gomito di Ebby e la voltò verso di sé.

I suoi occhi erano sgranati, il labbro inferiore intrappolato tra i denti. Lei fece un segno: «Stanno cantando un canto di seduzione.»

Allora non è paralizzata, almeno non dalla magia. Ma aveva paura. Senza voltare la testa, sbirciò con la coda dell'occhio verso l'ingresso. «Riesci a contrastare il loro incantesimo con la tua arpa? La tua è più grande di quella della sirena rossa.»

«Le arpe non funzionano con le altre sirene. Il loro canto dovrebbe funzionare su di te.»

Le sue parole gli piombarono addosso come zavorra da sub. Tutti i moniti a non toccarla, e ora lei avrebbe dovuto fare sesso con lui? Non che non la volesse, ma...

Lei gli prese la mano libera e gliela posò sul seno. Il capezzolo si indurì sotto il suo palmo, ma lui sapeva per esperienza che solo perché il corpo rispondeva non significava che qualcuno fosse eccitato. La ritirò e fece un segno: «Dovremmo usare il dardo?»

Un triste sorriso le sollevò un angolo della bocca e lei scosse la testa. «Non basterebbe. Hanno detto che dopo che ti avrò sedotto, ti lasceranno libero.»

Nonostante la sua esitazione, il suo pene si indurì alle sue parole. Il bacio che si erano scambiati, quando lei gli aveva rinnovato l'incantesimo del respiro, era stato incredibile. Il modo in cui la sua bocca sapeva di ambra e muschio, ricordandogli un oceano al tramonto. Quanto l'aveva sentita calda contro il suo corpo.

Lei allungò la mano e gli posò di nuovo il palmo sul petto, avvicinandosi fino a quando le sue labbra furono a pochi centimetri dalle sue. La mano che le accarezzava il seno era ora intrappolata tra di loro. Il suo pene scattò in piena erezione. Forse era immune ai canti delle sirene, ma era decisamente ancora sensibile a lei.

Prendendo l'iniziativa, le sfiorò le labbra con le sue. Voleva questo. Voleva lei, più di quanto avesse mai desiderato chiunque altro, al diavolo la prigionia. Almeno, se fosse morto, sarebbe morto felice.

Lei aprì la bocca, inarcando leggermente la schiena mentre accettava il suo bacio. La sua lingua giocò sul suo labbro inferiore e il suo capezzolo si indurì sotto il suo palmo.

Preoccupato di poterla pungere accidentalmente con il dardo, lo lasciò scivolare dalle dita e le accarezzò con la mano la pelle liscia all'incavo della schiena. Era così calda e flessuosa che le piccole fossette sopra quello che sarebbe stato il suo sedere gli fecero indurire ancora di più il pene. Voleva esplorare ogni centimetro di lei. Avvicinando i suoi fianchi ai propri, le prese la bocca in un bacio pieno e profondo.

Lei intrecciò la sua lingua con quella di lui mentre le sue dita affondavano nei suoi capelli. Se aveva pensato che il bacio del respiro fosse stato magico, questo era il nirvana. Ebby era la sua dea.

<h1 style="text-align:center">Dieci</h1>

Ebby aveva sempre dato per scontato che fossero le sirene a sedurre, ma Cruz se la stava cavando piuttosto bene. Le sue mani le impastavano il sedere, strofinandola contro il calore della sua erezione, mentre la sua lingua si tuffava dentro e fuori dalla sua bocca, un atto sessuale a sé stante. Un grande palmo le scivolò lungo la schiena e le afferrò i capelli, costringendola a piegare la testa all'indietro. Lui le lasciò la bocca per far scorrere leggermente il mento ruvido lungo il suo collo, mordicchiando e succhiando la sua pelle tenera e regalandole scintille di piacere.

Lei gli passò le mani sul petto, incuriosita dalla sua peluria. Gli umani avevano così tanti peli! I suoi piccoli capezzoli si indurirono fino a diventare puntine sotto i suoi polpastrelli, e la curva definita dei suoi pettorali si contrasse mentre lui le sistemava la presa intorno alla vita. Abissi, era un uomo stupendo. Improvvisamente desiderò vederlo. Tutto. Da vicino.

Fece scorrere delicatamente le mani lungo il suo torso finché non si inginocchiò sulla pinna della coda, con lo sguardo all'altezza della seta che copriva la sua erezione pulsante. Le sue mani rimasero impigliate tra i capelli di lui e le gambe muscolose di lui si allargarono, adattandosi per mantenerlo dritto nell'acqua. Gli passò i palmi delle mani sulle cosce dure come la roccia, godendosi la sensazione dei suoi peli ruvidi mentre scostava la seta. Quando raggiunse i suoi testicoli, li prese a coppa, facendoli rotolare delicatamente sotto le dita. La fragile morbidezza contrastava completamente con l'asta dura che pulsava in risposta alle sue attenzioni.

Gli afferrò la base, stringendo e tirando finché non apparve una goccia lattiginosa sulla punta. Un brivido di piacere la percorse alla sua reazione. Non era mai stata così vicina a un uomo prima d'ora, anche se aveva visto come reagivano i loro corpi durante le sue numerose sessioni di spionaggio.

Sperimentare la sua reazione era ancora meglio di quanto avesse immaginato.

Il suo profumo erbaceo riempì l'acqua mentre lei gli passava la lingua sulla cappella del cazzo, per poi affondare la sua spessa lunghezza nella propria bocca. Sotto la sua lingua, le sue venature e il suo calore le procurarono una sensazione completamente nuova, e lei ne volle di più. Coprendosi i denti con le labbra per proteggerlo, ne prese dentro di sé quanto più poteva, con la mascella dolorante mentre succhiava e tirava.

Le mani di lui le accarezzarono il cuoio capelluto, spingendola a seguire il ritmo dei suoi fianchi che si flettevano. Lei gli avvolse le mani intorno al culo, facendo scivolare le dita verso il basso per sentire il punto in cui le sue gambe si dividevano. Sembrava che gli piacesse, così esplorò con i polpastrelli mentre la sua bocca dominava la sua lunghezza. Ben presto, lui stava tremando, con il culo contratto e i muscoli delle cosce duri come la roccia. Lei succhiò più forte. Ma invece di esplodere come si aspettava, lui rabbrividì e la spinse via.

Aveva finito? La delusione le strinse il petto. Non era affatto quello che si era aspettata.

Inclinò il viso verso l'alto. I suoi occhi nocciola erano scuri di desiderio e il suo petto si sollevava ansimante. Sorridendo, lui fece segno: «Vai piano».

Grazie a Nettuno, non aveva finito. Ricordandosi delle altre sirene che guardavano, lanciò loro un'occhiata. Continuavano a cantare, gli sguardi acuti forse tanto affamati di orgasmo quanto lo era lei.

Cruz si lasciò cadere in ginocchio e chinò la testa verso il suo seno, circondandola di nuovo con il suo corpo. La barba corta sul suo mento le lasciò un marchio a fuoco sul cuore. Quando la sua lingua le roteò intorno al capezzolo, la schiena di lei si inarcò come se un fulmine l'avesse colpita all'ombelico. *Ah, Nettuno, che tortura deliziosa!*

Intrecciando le dita tra i suoi capelli, si inarcò di nuovo, offrendogli l'altro seno. Lui la mordicchiò, la succhiò e la stuzzicò finché lei non si chiese come avrebbe potuto resistere un altro secondo. Un calore stava montando nel profondo del suo nucleo. Il suo istinto primordiale desiderava una cosa. Una cosa dura e spessa.

Ebby allungò una mano verso il basso, cercando di nuovo la sua erezione. Ma Cruz le scivolò lungo il corpo, allontanando ancora di più il cazzo e facendo scorrere la bocca lungo il suo addome, verso la pelle liscia dove la sua fessura pulsante attendeva. Lei gemette, frustrata ma al contempo deliziata dalla nuova sensazione. Le sue dita le massaggiavano il sedere, avvicinando sempre di più i suoi fianchi alla sua bocca finché la sua lingua non schizzò fuori ed entrò all'imboccatura della sua apertura. Quel breve contatto le provocò un'increspatura e lei si contrasse, disperatamente desiderosa di averne ancora.

Lui la accontentò, attorcigliando la lingua intorno alla gemma del suo piacere. *Abissi.* Si era toccata molte volte, ma non era mai stato così bello. Succhiando e pungolando, la penetrò con la lingua, facendola impazzire. Si inarcò contro di lui, un'onda di piacere dopo l'altra che le correva dal cuoio capelluto alle pinne.

La loro attività l'aveva spinta all'indietro contro la parete della grotta, accendendo un tripudio di luce verde-azzurra. La pietra ruvida contro la sua schiena non fece che aumentare la sua eccitazione, e lei lo attirò più vicino, volendo, volendo... Il suo dito si unì alla sua lingua, trovando la sua apertura e spingendo oltre le sue pieghe.

Lei esplose intorno a lui, il polpastrello calloso del suo dito nel profondo di lei. Aveva già provato l'orgasmo, ma sotto il controllo di un'altra persona, la sensazione fu sbalorditiva.

Lui continuò ad accarezzarla finché lei non finì di fremere. Ritirandosi lentamente, si issò lungo il suo corpo, e la sua pelle che scivolava sulla sua la portò in qualche modo a nuovi livelli di desiderio. La sua bocca era stata favolosa, il suo dito divino, ma lei voleva ancora di più. Voleva tutto di lui.

Infilando una mano tra loro, gli afferrò la base dell'asta, guidandolo verso il suo ingresso. Lui interruppe il bacio e si ritrasse quel tanto che bastava per incrociare il suo sguardo. *Ti voglio*, pensò, supplicandolo con gli occhi.

E lui capì. Si spinse in avanti, penetrandola. Aprendola. Riempendola.

Spinse ancora e ancora, spingendola contro la parete della grotta, riempiendo l'acqua di minuscoli granelli di luce bioluminescente mentre il fitoplancton si staccava e fluttuava libero. Il calore del suo corpo che si fondeva con il suo sembrava essere più che fisico. Più che primordiale. Era qualcosa di spirituale, qualcosa al di sopra di tutto, e per la prima volta pensò di capire perché le altre sirene fossero così spinte a compiere questo atto ancora e ancora.

Le sembrava che lui la *conoscesse*. Come se avesse accesso a ogni oscuro segreto e desiderio sublime.

Non voleva che finisse mai. Non voleva mai separarsi. Lo strinse forte, lasciando che un'onda dopo l'altra si infrangesse su di lei finché il suo orgasmo non la mandò in mille pezzi.

Quasi nello stesso istante, lui penetrò a fondo dentro di lei con una spinta finale, il suo seme caldo che le schizzava direttamente nel nucleo e le strappava un ultimo brivido di estasi.

La tenne stretta mentre lei tremava, il suo calore che si insinuava in lei, riempiendola, consumandola. La sua testa era un turbine di pensieri ed emozioni, come se non fosse sicura di dove finisse lei e dove iniziasse Cruz. Immagini le balenarono dietro gli occhi: luci, volti, cose che non capiva. E poi dalla nebbia emerse una frase coerente. *«Che orgasmo! Come può un pesce essere così maledettamente sexy?»*

Dentro di sé, rise. «Non sono un pesce». Non si sarebbe mai considerata un pesce. Poi la soddisfazione nel suo cuore si raffreddò quando si rese conto di cosa stava succedendo. A volte un tritone si legava a una sirena così ferocemente da permetterle di sentire i suoi pensieri. Tali legami erano apprezzati dalle sirene perché davano loro un controllo ancora maggiore sui loro compagni indifesi. Non aveva idea che anche gli umani fossero suscettibili.

I suoi pensieri erano appagati. Languidi. Le sue mani scesero per prenderle a coppa il sedere. «Non un pesce. Una creatura mitologica. Una donna». Lui la strinse forte a sé. «La mia donna mitologica.»

Nonostante il suo sgomento per il fatto che ora lui fosse in suo potere, una bolla di risate le riempì il petto. Era delizioso nella sua testa quanto lo era con il linguaggio dei segni. Anche di più. Se solo la connessione non fosse a senso unico. Gli passò i polpastrelli sulla guancia ruvida. «Vorrei che tu potessi sentirmi, Cruz».

Le sue ciglia si alzarono lentamente per incontrare il suo sguardo, le iridi ancora scure di lussuria. «Riprenditi, Cruz. Non puoi sentire i suoi pensieri.»

Lei si accigliò, il suo desiderio che si trasformava in qualcosa di più simile al terrore. Aveva appena detto che poteva sentirla?

La sua attenzione si spostò sulla bocca di lei. «Cosa sta succedendo? Giuro che mi sta parlando. La magia delle sirene può restituire l'udito?»

Un panico assoluto si impadronì di Ebby e lo spinse via. Poteva sentirlo, cosa già abbastanza rara, ma se anche lui poteva sentire lei... «Il legame del compagno». No, non poteva essere. Era una sirena. Avrebbe dovuto essere immune al legame del compagno. Con attenzione, formulò il suo pensiero successivo. «Cruz, riesci a sentirmi?»

Lui sbatté lentamente le palpebre, aggrottando le sopracciglia, e annuì. *«È ancora magia da sirena?»*

La serie di emozioni che la attraversarono minacciò di farla svenire. Ricordò i viaggi negli Abissi che aveva fatto con Da, dove aveva sentito le antiche balenottere azzurre cantare di veri compagni e di magia perduta. *«Qualcosa di più forte. Solo i veri compagni possono sentirsi a vicenda.»*

«Veri compagni?» Inclinò di nuovo la testa, alzando le sopracciglia. Sembrava prendere questa storia del parlare con la mente con molta calma.

Oh no. Era diventata una sirena per evitare le catene di un legame da compagno. I legami da compagno causavano solo strazio e una lenta morte vivente. Lo aveva visto consumare suo padre. Questo non poteva succedere. Semplicemente non era possibile. Indietreggiò inorridita, le braccia alzate per tenerlo lontano.

Cruz si allungò verso di lei, le sopracciglia corrugate per la preoccupazione. «Ebby?»

Non poteva permettergli di toccarla di nuovo e di incitare il suo desiderio. Non quando l'inconcepibile era appena accaduto. La parola *intrappolata* continuava a ronzarle nella mente. Girandosi, Ebby schizzò fuori dalla grotta e superò le altre sirene, la voce di Cruz che la chiamava per nome nella sua testa.

Una risata risuonò nell'acqua dietro di lei, soffocando le parole di Cruz.

«Te l'avevamo detto che avresti visto la luce, sorella!» La voce di Urokotori trasformò la confusione di Ebby in furia cieca.

Voltandosi di scatto, Ebby si trovò faccia a faccia con Selachii. Rapida come un fulmine, la sirena dalla coda viola strappò la catenina dal collo di Ebby, avvolgendo l'arpa di pesce attaccata in una mano artigliata.

Ebby si scagliò per riprenderla, ma il pesce balestra di Selachii serrò le sue potenti mascelle, quasi staccandole un dito. Un nuovo terrore si radicò nel petto di Ebby. «Restituiscimela».

Selachii pizzicò le corde, suscitando una nota ipnotica che riportò Ebby con la mente a sua madre. Quell'arpa aveva annunciato l'arrivo di sua madre ogni volta che visitava il nido di Da, spingendo Ebby a nascondersi per tutta la durata della sua visita.

«Dove l'hai presa, cara sorella?» canticchiò Selachii in armonia con l'arpa.

Il pesce balestra girava intorno ai fianchi di Selachii come in una danza della vittoria.

«È di mia madre», ringhiò Ebby tra i denti. Che stupida era stata a portare l'arpa allo scoperto.

Urokotori si fermò accanto alla sorella dalla coda viola, gli occhi socchiusi. «Fammela vedere».

Selachii mostrò i denti alla sirena dalla coda rossa. «Non pensare neanche per un secondo di potermi costringere a dartela come l'ultima volta». Lanciò un'occhiata a quella appesa al collo di Urokotori prima di brandire quella che teneva in mano. «Questa ha nove corde».

«Non sono le dimensioni dello strumento». Urokotori si gettò una ciocca di capelli sulla spalla e sollevò il mento. Il suo sguardo non si staccò mai dalle corde che spuntavano come dita grottesche dalla presa di Selachii. «È come lo suoni che conta. Avrai bisogno di molta pratica».

Selachii emise uno stridio offeso; i suoi capelli viola si aprirono a ventaglio intorno alla testa come quelli di un pesce palla. Esitò un istante, come se stesse considerando un attacco frontale, poi si voltò di scatto e sfrecciò attraverso le alghe, con il suo pesce balestra alle calcagna.

«Aspetta!» gridò Ebby, flettendo i muscoli della coda per seguirla.

Mani forti e artigliate le afferrarono il polso, strattonandola al fianco di Urokotori. «Oh no, tu non vai da nessuna parte. È ora di porre fine alla tua resistenza infantile, una volta per tutte.»

La sirena più grande partì nella direzione opposta, con una presa tanto forte da farle sembrare che il braccio potesse strapparsi dalla sua orbita.

Stringendo l'altra mano a pugno, Ebby lo sbatté contro il rene di Urokotori. L'altra sirena grugnì, la sua presa si allentò. Ebby si liberò, nuotando di nuovo verso la grotta.

Urokotori pizzicò una corda della sua arpa e un gruppo di serpenti marini dal ventre giallo sfrecciò verso l'alto dalle rocce, intercettando la rotta di Ebby. Avvolsero le loro code strette intorno alla gola e alle braccia di Ebby. Una bestia velenosa la fissò negli occhi, le zanne scoperte.

Ebby si bloccò, lasciando che la corrente la trasportasse rigidamente verso Urokotori. I serpenti marini non erano generalmente aggressivi, ma sotto il comando di una sirena diventavano la creatura più letale dell'intero oceano.

Urokotori intrecciò le sue dita con quelle di Ebby come se fossero le migliori amiche e la condusse avanti. «Sei patetica. Avresti potuto essere la sirena più potente del mare con quell'arpa. È completamente sprecata per quell'idiota di Selachii».

Ebby agganciò la pinna della coda a rocce e coralli, sperando di creare un po' di resistenza. «Non hai intenzione di lasciargliela, vero?»

«Certo che no», disse Urokotori, strattonandole il

braccio. «Una volta che sarai al sicuro, mi occuperò di lei.»

«Al sicuro? Di cosa stai parlando?»

«Vedrai».

Davanti, l'albero maestro della nave degli schiavi trafiggeva le deboli lame di luce solare che filtravano attraverso la corrente. Una morsa gelida strinse lo stomaco di Ebby. Anni prima, era rimasta inorridita dalle ossa nella nave umana, braccia e gambe ancora attaccate a pesanti catene nella stiva. Suo padre aveva evitato gli spazi raccapriccianti, setacciando i livelli superiori dove era alloggiato l'equipaggio. Ma il ricordo di tutti quegli umani indifesi era rimasto impresso nella mente di Ebby.

Urokotori la trascinò oltre la prua della nave verso il boccaporto.

«Lasciami andare. Abbiamo cose più importanti da fare, come riprenderci quell'arpa prima che Selachii capisca come usarla.» A Ebby non piaceva neanche l'idea che Urokotori mettesse le mani sullo strumento, ma a questo punto, qualsiasi distrazione sarebbe stata utile. «Non vuoi che sia più forte di te, vero?»

Apparentemente sorda alle parole di Ebby, Urokotori la spinse in un corridoio, seguendola più in basso negli oscuri recessi della nave. Nessuna luce penetrava nel ventre della nave, ma lo sguardo da sirena di Ebby poteva vedere abbastanza da sapere che gli scheletri erano proprio come li ricordava. Un sottile filtro di sedimento copriva i resti, ma i contorni dei corpi umani erano chiari. Fila su fila di morti, incatenati al pavimento della stiva mentre l'acqua si riversava dentro, incapaci di fuggire, incapaci di spezzare i legami che li tenevano prigionieri.

I serpenti marini stavano diventando agitati, le code si stringevano intorno alla gola di Ebby. Qualsiasi movimento improvviso avrebbe potuto ucciderla. Un ronzio le salì dalla gola, l'istinto le diceva di tentare almeno di contrastare la presa di Urokotori sulle creature. Senza un'arpa, aveva poche possibilità, ma la sua vicinanza ai serpenti poteva darle un piccolo vantaggio. Aveva appena aperto la bocca per pronunciare il suo ordine quando un peso freddo le si posò intorno al polso.

«Ecco», disse Urokotori. «Ho sempre voluto farlo».

Una pesante manetta di ferro sfregava la pelle di

Ebby, collegata al macabro pavimento da una spessa catena.

Urokotori schioccò la lingua, liberando i serpenti dal suo incantesimo. Questi la lasciarono andare e si allontanarono strisciando. Ebby si divincolò inutilmente contro la catena, le maglie di metallo che stridevano e sferragliavano l'una contro l'altra. «Cosa stai facendo?» La manetta arrugginita era saldamente bloccata intorno al suo polso. «Hai almeno la chiave di questa?»

Urokotori fece un gesto noncurante con la mano. «Sono sicura che ce n'è una da qualche parte qui intorno. Una volta che avrai imparato la lezione, la cercherò».

«Quale lezione?» Ebby ricordò i viaggi con suo padre e i detriti sparsi nelle cabine della nave. Trovare una chiave sarebbe stato quasi impossibile.

«Non preoccuparti. Tornerò con il tuo patetico umano». Urokotori si spinse verso il boccaporto.

Ebby strattonò di nuovo il polso, il ferro ruvido che le mordeva la pelle. «No! Avevi detto che lo avresti liberato!»

Urokotori si voltò, una sagoma scura nelle profonde ombre della stiva. «Ho detto che lo avrei fatto uscire dalla grotta. Cosa trovi di così attraente in quel maschio, comunque?» Senza dare a Ebby la possibilità di rispondere, la sirena si girò e uscì dalla stiva. La sua voce le giunse fluttuando lungo il corridoio. «Non che importi. Vedrai quanto sono fragili gli umani una volta che avrò finito con lui».

«Torna qui! Non lasciarmi qui!»

Rispose solo il rimbombo della corrente che premeva incessantemente contro lo scafo della nave.

<h1 style="text-align:center">Undici</h1>

Cruz camminava nervosamente per la grotta, tenendosi a distanza di sicurezza dalla piovra che sorvegliava l'uscita. La confusione lo stava distruggendo. La voce di Ebby nella sua mente era stata l'esperienza più intima che avesse mai provato, in un certo senso persino più gratificante del sesso, e la sua improvvisa partenza lo aveva ferito nel profondo. Era sembrato stupido, nella testa di lei, come quando parlava ad alta voce? La gente era stata spesso scortese con lui, prendendosi gioco del suo handicap, ma non pensava di aver mai infastidito nessuno al punto da farlo fuggire.

Tutta quella situazione era un casino fottuto. Perché Ebby era scappata? Sembrava pensare che lui fosse il suo vero compagno, ma lui non ne sapeva abbastanza sulle sirene per capire cosa significasse o anche solo per fare un'ipotesi sulle sue vere motivazioni.

Per quanto ne sapeva, lei era stata in grado di sentire i suoi pensieri fin dall'inizio. Forse era per questo che aveva imparato la lingua dei segni così in fretta. *Merda...* Gli aveva mentito per tutto quel tempo? Non gli era sembrato che gli stesse mentendo. Forse aveva ragione lei e perdere la verginità l'aveva davvero trasformata in un mostro mangiauomini come le altre. Eppure, ovviamente Ebby preferiva fuggire piuttosto che fargli del male.

Quindi forse non era un mostro?

Scosse la testa e passò i polpastrelli sul dardo, attento a non pungersi con la punta affilata. La canocchia pavone di Ebby lo aveva aiutato a trovare la scheggia d'avorio. Se il veleno era abbastanza forte da uccidere una sirena, avrebbe ucciso una piovra? Diede di nuovo un'occhiata all'ingresso. Avrebbe dovuto avvicinarsi abbastanza per farlo.

Avanzando furtivamente con il dardo in una mano, osservò la piovra che lo fissava e si ricordò del colpo bruciante che gli aveva sferrato l'ultima volta che si era avvicinato troppo. E se stavolta lo avesse ucciso? *Cazzo*. Non c'era modo di colpire l'animale prima che lo tramortisse. Infilò il dardo nell'orlo del suo kilt improvvisato. Che arma inutile. Tutto quello che poteva fare era aspettare che Ebby, o una delle altre, tornasse.

Quando una figura femminile oscurò finalmente la luce all'ingresso, Cruz si costrinse a tenere la mano lontana dal dardo. Se era Ebby, non voleva ferirla per sbaglio, e se era una delle altre, doveva in qualche modo uscire dalla grotta prima di colpire, altrimenti sarebbe solo riuscito a rimanere intrappolato con una sirena morta.

La luce bluastra del sole, filtrata dall'acqua, illuminò la pinna caudale della sirena come se fosse di carta velina viola. La sirena che gli aveva tolto il fiato. Il cuore gli accelerò i battiti mentre lei strisciava nella grotta, seguita da un enorme pesce balestra. Stava cantando per controllarlo? Doveva dare per scontato di sì.

Fingendo di essere sotto il suo incantesimo, si diresse goffamente verso di lei finché non fu abbastanza vicino da vederle il viso. I suoi occhi ametista lo scrutarono, le labbra dischiuse in modo provocante. Poi sollevò le mani, e lui vide i rebbi dorati di un'arpa con un dente mancante. *Quella è di Ebby.* L'angoscia gli strinse il petto. Era stata molto chiara sul fatto che le altre non dovessero mettere le mani sullo strumento. Se quella sirena ora lo portava, allora Ebby doveva essere in pericolo.

O morta. Scacciò l'idea dalla testa, rifiutandosi di crederci. Non voleva pensare che non ci fosse più.

La sirena dalla coda viola passò le dita sui rebbi e le luci della caverna si accesero in risposta. Poteva solo immaginare il suono che riverberava sulle pareti. Sebbene non potesse sentire, le vibrazioni erano abbastanza forti da provocare un fastidioso fremito nel suo inguine. Ebby aveva detto che avrebbe amplificato il potere di una sirena, e sembrava funzionare anche nonostante la sua sordità.

Deglutì a fatica e si spostò a portata delle sue braccia. Il pesce balestra sfrecciava avanti e indietro accanto alla sua spalla, con la bocca dentata che scattava. Non era il momento di preoccuparsi del canto o dell'arpa. Era in trappola là dentro, a meno che non riuscisse a convincerla a portarlo fuori. Odiando esporsi, allungò una mano e sollevò il tessuto, accarezzando la sua asta fino a un'erezione forzata. Con l'altra mano, indicò l'esterno.

Lei sorrise e allungò una mano verso di lui.

Lui indicò ancora una volta l'uscita e cercò di sfoderare uno sguardo seducente.

Lei parve rifletterci, osservando la grotta con disgusto. Poi il suo sorriso si allargò, come se si fosse resa conto di qualcosa. Guardandosi alle spalle, fece vibrare le dita sull'arpa.

La piovra si gonfiò, poi ebbe un fremito prima di ritirarsi dalla vista. Il pesce balestra girò in cerchi frenetici intorno alla sirena, come se stesse eseguendo una danza di vittoria.

La sirena rivolse di nuovo la sua attenzione a Cruz, gli occhi febbricitanti e accesi. Tese una mano artigliata come in un invito.

Il cuore di Cruz minacciò di galoppargli fuori dal petto prima ancora che lui lasciasse la grotta. *Pazienza.* Non poteva essere sicuro che la piovra se ne fosse andata. Mantenendo il suo finto desiderio, le prese la mano. Comunque, avrebbe dovuto essere vicino per usare il dardo. Una volta fuori dalla grotta, l'avrebbe pugnalata e sarebbe fuggito.

Con un movimento improvviso e sinuoso, lei lo attirò a sé e li trascinò entrambi nella luce filtrata.

Coralli e pietre sfrecciarono via con una velocità vertiginosa.

Dopo qualche istante, la sua presa si allentò abbastanza da permettergli di orientarsi. Le mani artigliate gli presero il viso, le labbra increspate per un bacio, e lo tirarono a sé con aspettativa.

Cruz armeggiò con l'orlo del suo kilt, cercando con attenzione la scheggia del dardo intrecciata in esso. Dov'era quella maledetta cosa? La sirena gli premette la bocca contro la sua, la lingua che si faceva strada tra le sue labbra. Gli artigli gli si conficcarono dolorosamente nelle guance, ma lui si costrinse a restare docile, usando una mano per pizzicarle un capezzolo mentre l'altra continuava a cercare lungo il bordo della seta.

Ecco. La coda di lei sferzò l'acqua, i fianchi che spingevano contro i suoi mentre il bacio violento minacciava di lacerargli le labbra. Se non stava attento, avrebbe fatto cadere il dardo. O peggio, si sarebbe punto. Doveva proprio conficcarglielo o sarebbe bastato un graffio? Non poteva rischiare di fallire. Strappando via il dardo, le conficcò la punta affilata nel fianco.

Il corpo della sirena si irrigidì. Si contorse per guardarsi il fianco, gli artigli che armeggiavano con il dardo sporgente. Strappandolo via in una nuvola di sangue, tornò a guardarlo furiosa e strinse la presa sul suo avambraccio.

Lo stomaco gli sprofondò fino al fondale marino. *Non ha funzionato.* L'aveva solo fatta arrabbiare. Si preparò a ricevere il colpo mortale.

Improvvisamente, la sua schiena si inarcò e la sua presa si serrò come il morso di uno squalo. Aprì la bocca, mostrando denti affilati come rasoi. Lui alzò un braccio per proteggersi. Ma invece dei denti, la sua coda gli sbatté contro le costole con una forza tale da togliergli il fiato. Ancora stretto nella sua presa, Cruz fu scaraventato in una folle rotazione verso il basso. Perse ogni senso dell'orientamento mentre precipitavano oltre una parete di rocce e coralli. Le pietre gli graffiarono una spalla, gli ammaccarono un ginocchio. Cercò di liberarsi dalla presa sul braccio finché non colpirono il fondo con una forza che li lasciò intorpiditi.

L'impatto le spezzò la presa, e lui inghiottì grate boccate d'acqua mentre la sirena continuava a contorcersi, sollevando una nuvola di detriti. Con un ultimo inarcamento della schiena, si adagiò sul fondo del mare, gli occhi che fissavano senza vita il mutevole disegno delle increspature illuminate dal sole in alto. Intorno al suo collo, i rebbi dorati dell'arpa catturarono la luce, scintillando attraverso la foschia che si diradava.

Era davvero morta? Per quanto avesse bisogno di risalire verso la superficie, si costrinse ad avvicinarsi al suo corpo. La sua coda ebbe un tremito, ma il suo viso rilassato gli diede coraggio. Rebbi spezzati giacevano sparsi sul fondale intorno a lei, ma sulla catena al collo il corpo dell'arpa conservava ancora due rebbi dorati. Allungò la mano verso lo strumento. Era ancora potente come sosteneva Ebby? La chiusura della catena era rotta e la sirena aveva annodato le maglie d'oro dietro il collo. I suoi capelli viola si erano impigliati nella catena, ma lui la liberò.

Nervoso che potesse riprendersi, indietreggiò. Lei rimase senza vita, la sabbia che si depositava sulla sua pelle.

Rialzandosi dalla carneficina sul fondale, si guardò intorno. La caduta l'aveva fatto finire in un canalone tra pareti rocciose incrostate di coralli. Si ricordò di un'altra volta in cui era uscito da un burrone, lasciandosi alle spalle un veicolo schiacciato con sua madre dentro. Strinse più forte l'arpa in un pugno. Se Ebby l'aveva persa, significava che era in pericolo.

Non se ne sarebbe andato finché non avesse saputo che era al sicuro. Lei aveva preso le sue difese quando le altre sirene volevano farlo a pezzi. L'aveva nutrito, si era presa il tempo di imparare la lingua dei segni e gli aveva persino donato la sua verginità. Le sue parole d'addio sull'essere veri compagni lo spinsero a darsi una spinta verso l'alto, ispezionando la parete per orientarsi. Una parte di lui era convinta che la sirena viola avesse nuotato controcorrente insieme a lui, ma non poteva esserne certo.

Guardò a valle. Tornare indietro poteva essere pericoloso, ma il gambero domestico di Ebby era ancora lì e poteva sapere come trovarla.

Si diresse controcorrente verso le alghe a breve distanza, progettando di usarle come copertura mentre costeggiava la parete. Il braccio gli doleva dove gli artigli della sirena avevano fatto uscire il sangue, ma non abbastanza da attirare gli squali. Mezzo nuotando e mezzo spingendosi contro gli scivolosi steli delle alghe, si fece strada attraverso la foresta, tenendo d'occhio la parete attraverso gli spazi tra le fronde. Piccoli pesci schizzavano via al suo avvicinarsi, lampeggiando d'argento, verde acqua e arancio nei raggi del sole. A che profondità si trovava? Era strano nuotare così a fondo senza alcuna attrezzatura che lo appesantisse. Inspirò, meravigliandosi di nuovo di quanto fosse facile. Quanto sarebbe durato l'incantesimo?

Una macchia più scura sulla parete attirò la sua attenzione e si fermò, nuotando sul posto e sbirciando tra le foglie ondeggianti. Sembrava proprio la grotta in cui era stato imprigionato. La piovra la stava ancora sorvegliando? Afferrando uno stelo grosso e scivoloso, guardò più da vicino. Un guizzo sul fondale sabbioso catturò il suo sguardo. Il polso gli rimbombò forte nelle orecchie mentre otto zampe senza ossa si attorcigliavano e si srotolavano, spingendo la bestia verso le alghe.

Per un breve istante si chiese se l'avesse notato, ma poi scorse un piccolo pennacchio di sabbia che sembrava guidare la creatura in avanti. Una sorta di preda, capì. Il pennacchio più piccolo si fermò senza preavviso e la piovra si arrestò. Mentre la sabbia si depositava, Cruz si rese conto che si trattava di una canocchia pavone. L'animale di Ebby doveva stare cercando di fuggire.

La piovra si raggomitolò, pronta a balzare. Il gambero le si parò di fronte sulle zampe posteriori come un pugile che sfida un bullo ad avvicinarsi, le chele raptatorie strette contro il petto. Aveva letto che quelle chele potevano sferrare un pugno potente come un proiettile, abbastanza da rompere il vetro. Ma sarebbe stato all'altezza di una creatura delle dimensioni di una piovra? Con brevi scatti, la piovra mise alla prova la sua preda. La canocchia tenne la posizione, le zampe posteriori che si muovevano rapide per rimanere di fronte al nemico.

Cruz si aggrappò alle alghe, incerto sul da farsi. La canocchia non aveva quasi nessuna possibilità, eppure nemmeno Cruz era all'altezza della piovra. Il petto gli doleva ancora per essere stato scaraventato contro la grotta. Ma lasciare che l'animale di Ebby venisse divorato sembrava crudele. Abbassò lo sguardo sul fondo del mare, cercando qualcosa da lanciare, prima di ricordare quanto sarebbe stato inutile sott'acqua. Teneva ancora l'arpa nell'altra mano; peccato non poter cantare come una sirena, altrimenti avrebbe semplicemente detto alla piovra di andarsene.

Alzò di nuovo lo sguardo giusto in tempo per vedere la canocchia scattare verso la piovra con un movimento quasi troppo veloce da vedere. Tutte e otto le zampe della piovra si tesero, dritte e rigide. La canocchia parve rimbalzare sulla testa della creatura più grande, cambiando traiettoria come una palla da biliardo e sfrecciando dritta verso le alghe. Dietro di essa, la piovra affondò rigida sul fondale.

Santo cielo! Quel piccolo gambero aveva davvero ucciso la piovra o l'aveva solo stordita? Scostò una fronda ondeggiante, osservando la piovra. Un breve istante dopo, le sue zampe si arricciarono di nuovo e, barcollando, strisciò verso la sua grotta.

Lasciandosi cadere verso il fondo nodoso della foresta, Cruz si mosse a valle cercando tracce dell'animale di Ebby.

Trovò il piccoletto rannicchiato tra un gruppo di ricci di mare neri e spinosi. Lo avrebbe riconosciuto come amico? Tese una mano come aveva visto fare a Ebby.

La creatura agitò le lunghe antenne verso di lui, ma rimase saldamente trincerata tra le spine velenose.

Non poteva biasimarlo. Le uniche altre volte in cui aveva dato la caccia ai crostacei erano state per uno scopo completamente diverso. Forse se avesse chiarito che non voleva fargli del male? Aprì la mano che teneva l'arpa e la tese perché la creatura la vedesse. Forse un oggetto familiare l'avrebbe convinta ad avvicinarsi.

La canocchia scattò in avanti e Cruz trasalì, aspettandosi di fare la fine della piovra. L'arpa gli fu strappata dalle dita. Zampe appuntite gli solleticarono il braccio verso il viso, per poi fermarsi sulla sua spalla. Cruz aprì gli occhi e le spalle si rilassarono quando si rese conto che la creatura si era sistemata per farsi dare un passaggio, con l'arpa stretta protettivamente tra le chele.

Cruz sorrise sollevato e segnò: «Hai idea di dove trovare Ebby, amico mio?»

Zampe minuscole gli solleticarono la spalla e la creatura si sistemò per guardare a valle.

Ok. A valle, allora.

Si fece strada tra le alghe, cercando di non scrollarsi di dosso il solletico delle zampe della canocchia contro la spalla. Come faceva Ebby a sopportarlo? La corrente l'aveva già spinto oltre la grotta e, poco dopo, la foresta di alghe finì. Il fondale precipitava in un dirupo scosceso.

Sotto, tre alberi di un relitto sporgevano verso l'alto come denti appuntiti. Sulla sua spalla, la canocchia si sollevò su e giù sulle zampe posteriori, come per segnalargli di proseguire.

Cruz nuotò sul posto, guardando lo spazio aperto davanti a sé. Era un nuotatore forte, ma senza attrezzatura da sub sarebbe stato indifeso contro le correnti e i grandi predatori che si trovano in mare aperto, per non parlare del fatto che non sarebbe più stato nascosto a eventuali occhi di sirena.

«È là dentro? Sei sicuro?» segnò, guardando la canocchia.

La creatura rispose lanciandosi dalla sua spalla, portando con sé l'arpa mentre fluttuava lungo la scarpata rocciosa.

Sospirando, Cruz la seguì, sfiorando la parete dietro la canocchia. Sperava di non interpretare troppo le azioni del gambero. Per quanto ne sapeva, non era nemmeno l'animale di Ebby e stava seguendo una creatura a caso in un posto a caso. Almeno la corrente lo stava aiutando, spingendolo verso il relitto. E se Ebby non fosse stata lì? Non voleva pensare a come avrebbe fatto a tornare indietro.

Man mano che si spingeva più in profondità verso la nave, l'acqua divenne più fredda e la luce si affievolì, finché tutto quello che poté vedere furono ombre di blu e di verde. Il cuore gli martellava contro le costole e i muscoli tremavano per lo sforzo e il freddo. Cosa non avrebbe dato per avere un po' del fitoplancton della grotta per illuminare il cammino.

Sotto di lui, la canocchia scomparve tra un piccolo affioramento di rocce. Cruz nuotò oltre, impiegando un momento a rendersi conto che non era riemersa. Girandosi per vedere se il gambero avesse cambiato direzione, si bloccò, lo sguardo che si alzava verso un'ombra sinuosa stagliata nella luce proveniente dalla superficie.

Una sirena fluttuava a poche bracciate sopra di lui, la coda che si muoveva pigramente, i lunghi capelli aperti a ventaglio come un'aureola di luce. «*Ebby?*»

Si tuffò verso di lui.

Nella luce fioca, i suoi lineamenti si delinearono: labbra cremisi e un sorriso lento, predatorio.

Dodici

Ebby tirò la catena, le cui maglie tintinnarono e sferragliarono mentre tentava più e più volte di liberarsi con uno strattone. Il polso le pulsava, la pelle era a vivo e il sangue profumava l'acqua stantia della stiva, ma gli squali erano l'ultimo dei suoi pensieri.

Chiamava Cruz, sperando di avvertirlo, per quelle che le erano sembrate ore, ma a quanto pareva il legame tra compagni era limitato dalla distanza. Perché era fuggita dalla grotta? Non solo aveva perso l'arpa, ma aveva anche abbandonato Cruz alla mercé delle altre sirene. Tutto quello che aveva fatto, tutto quello che aveva sacrificato, era stato vano. Pensò alla sua voce nella testa — una connessione che non avrebbe mai sognato di provare. Avrebbe dovuto assaporarla, non scappare. Un legame tra compagni era così raro da essere quasi impossibile. E lei l'aveva sprecato.

Un canto familiare fuori dalla nave si fece più forte, le dolci note della magia seduttrice di Urokotori si avvicinarono. L'altra sirena doveva già essere di ritorno con Cruz. Lo stomaco di Ebby si contorse mentre lo chiamava ancora una volta. *«Cruz, riesci a sentirmi?»*

La sua voce le entrò nella mente, frenetica e ansimante. *«Ebby? Ebby, dove sei?»*

Era vivo! *«Cruz! Hai il dardo? Usalo subito! Vattene!»*

«L'ho già usato sulla sirena viola». La voce di Cruz era tesa, come se parlasse a denti stretti.

La nausea la invase. Era ferito? Avrebbe dovuto capire che Selachii avrebbe voluto una cavia per la sua nuova arpa. Poi un altro orrore la colpì. Se la sirena viola era morta, significava che Urokotori aveva l'arpa. Sarebbe stata inarrestabile. Ebby torse la mano, cercando di svitarla dalla manetta finché le ossa non le dolsero.

Dal boccaporto comparve una zampa tentacolata, poi un'altra e un'altra ancora. Ebby si ritrasse mentre Timuri irrompeva nella stiva. Pulsava di colori rabbiosi, ma invece di attaccarla, si tirò contro il soffitto nell'angolo più lontano, in attesa dell'arrivo della sua padrona. Urokotori non era molto indietro e si trascinava dietro Cruz per un polso. L'altra mano di lui si aggrappava inutilmente alla presa di lei. *«Ebby, sei qui? Riesco a malapena a vedere.»*

«Sono qui.» Ebby intonò una nota tremolante che accese il poco fitoplancton malaticcio che fluttuava nella stiva. La pallida bioluminescenza verde rendeva terribili i lividi e i tagli freschi che gli segnavano la pelle. *«Sei ferito!»*

«Sto bene». Il suo tono smentiva le sue parole.

«In qualche modo il tuo umano ha convinto Selachii a liberarlo.» Urokotori lo spinse verso il suo animale domestico, che avvolse cupamente diverse zampe intorno agli arti di Cruz. «E sembra che sia immune al mio canto».

Oh no. Se Urokotori sapeva che era sordo, era impossibile dire cosa avrebbe potuto fargli per torturarlo. *«Perché non hai fatto finta di sentirla?»*

«Mi è arrivata alle spalle mentre ti cercavo.»

Il polpo strattonò l'uomo che si dibatteva verso il suo becco. Urokotori ordinò alla creatura di fermarsi. Schioccando il becco, il polpo tremò, palesemente irritato dal suo controllo.

Ebby ebbe un'idea per un diversivo. «Sembra che tu stia avendo qualche difficoltà con il tuo animaletto, Urokotori. Forse il tuo canto non è così potente come credi».

L'altra sirena si scagliò contro di lei, puntandole contro un dito lungo e artigliato. «È agitato perché il tuo animaletto lo ha attaccato!»

La gola di Ebby si strinse. Aveva abbandonato Kato nella grotta insieme a Cruz. Sebbene il piccolo gamberetto avesse un bel pugno, dubitava che potesse tener testa a Timuri a lungo. Il povero Kato doveva essere diventato un pasto per colpa sua. Il dolore le offuscò la vista con lacrime salmastre. Sembrava che tutti coloro che amava stessero cadendo preda dei capricci di Urokotori. *«Oh, Kato!»*

«Non preoccuparti», la rassicurò Cruz. *«Quel tuo gamberetto ha fatto a pezzi il polpo e poi è scappato.»*

Un debole sorriso si disegnò sulle labbra di Ebby. Il suo compagno stava affrontando una morte orribile, eppure era lì a consolarla. Sollevò il mento e fulminò

Urokotori con lo sguardo. «Non conta la dimensione dell'animaletto, ma come lo si usa».

Il labbro superiore di Urokotori si arricciò in un ringhio. «Vuoi che usi il mio animaletto? Bene.» Ordinò a Timuri di allargare gli arti di Cruz come per un sacrificio.

Con i muscoli tesi, Cruz emise un ringhio che avrebbe potuto competere con quello di un leone marino, si liberò una mano dal tentacolo del polpo e si allungò verso la gola di Urokotori.

Lei scivolò all'indietro con una risatina compiaciuta, facendo turbinare il fitoplancton luminoso intorno a sé. «È pronto a giocare!»

«Lascialo in pace!» Ebby si tese fino all'estremità della catena, la mano libera a pochi centimetri dalla schiena di Urokotori. «Farò tutto quello che vuoi!»

Urokotori rimase concentrata sul volto contratto di Cruz mentre lui si dimenava nella stretta del polpo. «Sarà divertente».

Lui le mostrò i suoi denti smussati, gli arti tremavano mentre lei faceva scivolare la sua pinna caudale verso l'alto tra le sue gambe. Urokotori fece scorrere gli artigli lungo il suo petto fino all'ombelico. I suoi addominali si contrassero mentre lui tentava di scostarsi dal suo tocco.

Il sangue di Ebby le rimbombò nelle orecchie, ogni battito cardiaco un conto alla rovescia verso una morte certa. Doveva proteggere il suo compagno.

Le dita le sfiorarono le punte dei capelli neri di Urokotori. Tendendosi contro la manetta guadagnò un altro centimetro. Altri capelli le si infilarono tra le dita. Strinse la mano a pugno e strattonò, facendo scattare indietro la testa dell'altra sirena.

Rapida come un fulmine, Ebby sollevò la coda e la sbatté contro la schiena di Urokotori.

L'altra sirena si piegò in due, assorbendo il colpo con la coda. Si girò, lasciando Ebby con una manciata di capelli in mano, e le graffiò la guancia con gli artigli. Il sangue si nebulizzò nell'acqua.

Ebby arricciò a sua volta gli artigli e colpì l'avversaria, afferrando la sirena per l'avambraccio.

Le labbra cremisi di Urokotori erano squarci di furia sul suo viso pallido. «Hai finalmente trovato il fegato, sorellina?»

«Lasciami andare e ce la vedremo ad armi pari». Ebby tirò la catena, chiedendosi come avrebbe potuto attirare l'altra sirena abbastanza vicino da avvolgergliela intorno alla gola.

«Sai che non combatto lealmente. Mi occuperò di te quando avrò finito di divertirmi con il tuo amante. Sono curiosa di vedere quanto potrò renderlo malleabile senza l'effetto di un canto da sirena.» Con un fruscio delle pinne rosse, si girò e fece scivolare il suo corpo su quello di Cruz, le mani che gli sollevavano il kilt.

I pensieri di Cruz ribollivano di rabbia impotente, paura e indignazione.

Ebby si sentiva allo stesso modo. Perlustrò il pavimento intorno a sé alla ricerca di un'arma, di una distrazione, di qualsiasi cosa che potesse dare a Cruz una possibilità di fuga. Alla sua sinistra, qualcosa si mosse sotto le assi rotte del pavimento. Kato si fece strada attraverso una fessura e si affrettò verso di lei, le piccole branchie che si muovevano per lo sforzo. Due rebbi dalle punte dorate sporgevano dalle sue chele anteriori come i denti inferiori di una murena. *«La mia arpa?»*

Chinandosi rapidamente, prese lo strumento. Tutti i rebbi, tranne due, erano stati spezzati, lasciando moncherini frastagliati lungo la base. Lanciò un'occhiata a Urokotori, la cui coda ondeggiava sinuosa come un serpente di mare mentre si strofinava sul corpo di Cruz, canticchiando una descrizione lasciva dei suoi piani per mungergli il seme fino all'ultima goccia.

C'era abbastanza potere nell'arpa spezzata per annullare la magia di Urokotori? Timuri era già agitato e Urokotori era occupata a tormentare Cruz. Se Ebby fosse riuscita a spezzare la presa di Urokotori sul polpo e a ordinargli di liberare Cruz, l'umano avrebbe potuto avere una possibilità. D'altra parte, spezzare il controllo della sirena avrebbe potuto liberare il mostro perché facesse a pezzi Cruz.

Quale altra scelta c'era?

Deglutendo a fatica, si portò l'arpa davanti e pizzicò delicatamente i rebbi, inviando un accordo tremolante attraverso la stiva della nave. Il fitoplancton sembrò illuminarsi. Salda nella sua presa sullo strumento, aggiunse la sua voce. Cantò di pace e gentilezza. Di luce solare e acqua dolce.

Le zampe di Timuri si incresparono, le punte arrotolate si allentarono. Cruz liberò gli arti.

Urokotori si girò, guardando Ebby a bocca aperta. «Come osi?»

La punta di un braccio a ventosa si attorcigliò sulla spalla di Urokotori. Lei si girò, strimpellando la sua arpa più piccola. La sua voce esperta si abbatté sulla creatura, costringendola a ritrarsi in una sottomissione umiliante.

«*Che sta succedendo?*» Cruz nuotò verso Ebby.

Ebby non poteva risparmiare neanche un briciolo di concentrazione per rispondere.

«Il tuo umano soffrirà per questo!» Urokotori riversò rabbia nel suo canto, ordinando al polpo di straziare e fare a pezzi.

Timuri rabbrividì, il becco che si apriva e si chiudeva mentre i canti di comando si sovrapponevano.

Ebby estrasse le note dal profondo del petto, pizzicando i rebbi con più forza per contrastare la violenza e cercare di calmare la bestia. Ma anni di condizionamento avevano reso ostile la creatura. Il suo lungo braccio afferrò la caviglia di Cruz.

Urokotori rise, alternando le doppie note in una melodia caotica che fece tremolare il fitoplancton circostante. La pelle di Timuri si increspò di colori frustrati, lo sguardo a fessura fisso sulla sua padrona anche mentre tirava Cruz verso il suo becco spalancato. Ebby non riusciva a sopraffare la natura della creatura. Un polpo era progettato per cacciare e mangiare. Urokotori doveva solo incoraggiare i suoi istinti.

La risposta giunse a Ebby come la luce di metà mattina filtrata tra una radura di kelp. Era ora di smettere di combattere il canto di Urokotori.

Cambiando tonalità, cantò di vendetta, completando e amplificando il comando di violenza di Urokotori.

E lo reindirizzò verso Urokotori.

La bestia doveva aver atteso quell'opportunità per anni. In un lampo, Timuri lasciò andare Cruz e si gonfiò, torreggiando sulla padrona che lo aveva tenuto prigioniero della sua volontà per così tanto tempo.

Il canto di Urokotori si incrinò nel panico.

Con un movimento fulmineo, tutte e otto le zampe del polpo la avvolsero, tirando il suo corpo verso l'interno. Il suo becco affamato le trafisse il petto in un'esplosione di sangue. L'urlo di Urokotori si spense mentre la creatura le strappava il cuore dalla cassa toracica.

Lottando contro l'impulso di vomitare, Ebby addolcì il comando, chiedendo al polpo di trovare un luogo appartato dove consumare il suo pasto.

Timuri spostò la presa sul cadavere inerte della sirena, ripiegò le altre zampe sotto di sé e scomparve attraverso il boccaporto.

Quando l'acqua torbida smise di agitarsi, Cruz si liberò dal groviglio di barili e casse in frantumi. La sirena dalla coda rossa non si vedeva più. Rimaneva solo Ebby, la cui coda albicocca e i fluttuanti capelli ramati erano un faro nella fioca luce bioluminescente. Attraverso la loro connessione mentale, la mente di lei scorreva come una corrente di risacca: il suo canto interiore era al contempo feroce e melodico.

Cruz lanciò un'occhiata verso gli angoli bui, controllando che la sirena dalla coda rossa non ci fosse, prima di scattare in avanti e prendere Ebby tra le braccia. *«Ebby, puoi smettere. Se ne sono andate.»*

Il suo canto tacque, i suoi occhi lo fissavano senza vederlo, con le pupille dilatate. *Oh Nettuno... «L'ho uccisa.»*

«*Ebby, va tutto bene*». Stringendola a sé, sentì il dolore di lei come se fosse il suo, eppure era dannatamente sollevato che fossero entrambi vivi. «*Dovevi farlo. Stiamo bene.*»

Lei si irrigidì nel suo abbraccio. I suoi occhi di smeraldo incontrarono i suoi. «*Non devi toccarmi.*»

«*Smettila di dirlo*». La strinse più forte. Il gelo che gli serpeggiava nelle vene sembrava più intenso ora che l'adrenalina svaniva, e il calore di lei era un sollievo benedetto. «*Non ti lascerò andare. Mai più*». I rebbi dell'arpa, intrappolati tra loro, gli si conficcarono nel petto. Tenendola saldamente per la vita con un braccio, usò la mano libera per sfilarle delicatamente lo strumento dalle dita. «*Come hai fatto ad averla?*»

Da sotto i capelli di lei, un grosso gambero mantide emerse sulla sua spalla, sollevandosi su e giù sulle zampe posteriori in una danza felice.

Cruz sorrise. «*Sei un gambero davvero cazzuto. Ti devo un favore.*»

Il gambero scattò in avanti e gli strappò l'arpa di mano, poi si nascose di nuovo sotto i capelli di Ebby. Cruz scosse la testa. «*Non scherzavi quando mi hai detto che quell'arpa era potente. Sono felice che tu l'abbia usata.*»

«*Ho giurato che non avrei mai più comandato un'altra creatura contro la sua volontà.*» Ebby chiuse gli occhi e appoggiò la fronte sulla spalla di Cruz, il corpo che si rilassava e cedeva. «*Ora Urokotori è morta.*»

Sollevandole il mento con una mano gentile, Cruz le inclinò il viso per guardarla. «*Dubito fortemente che ucciderla fosse contro la volontà del polpo. Scommetto che voleva farlo da secoli. E ora se n'è andato. L'hai liberato, no? Non eravamo gli unici prigionieri in questo casino.*»

Le braccia tremanti di lei scivolarono timidamente intorno alla sua vita, la catena che la legava al pavimento strusciò fredda contro le sue gambe. «*Suppongo di sì.*» Sospirò, e minuscole bolle le sfuggirono dalle labbra. «*Mi dispiace di essere scappata e averti lasciato nella grotta dopo...*»

Il resto della frase rimase sospeso tra loro, e lui sentì un fremito all'inguine. La bocca di lei era così vicina. Così baciabile. Le sfiorò le labbra con le proprie, desiderandola. Ma il petto gli si sentiva oppresso dal freddo, e sentiva le dita intorpidirsi. L'addestramento da sub gli imponeva di restare concentrato e conservare le energie. Le prese la mano ammanettata. «*Liberiamoti, così possiamo andarcene da qui. Non hai una canzone per aprire questa, vero?*»

Lei scosse la testa e si sfilò la mano. «*La nostra canzone agisce solo sugli esseri viventi. Devi nuotare subito verso la superficie, prima che succeda qualcos'altro.*»

«*Non senza di te. Immagino che quella sirena avesse la chiave?*» Guardò verso il corridoio. «*Ah, dannazione. Dove l'ha portata il polpo?*»

«*Non c'è nessuna chiave*». Ebby si divincolò dal suo abbraccio, spingendolo verso il boccaporto. «*Devi tornare tra i tuoi simili, dove sei al sicuro.*»

«*Nessuna chiave?*» Le afferrò di nuovo il braccio, accigliandosi alla vista della manetta. «*Ti ha rinchiusa e non aveva una chiave?*» La girò e fece scorrere le dita lungo la catena. Gli anelli pesanti erano corrosi, ma ancora troppo spessi e robusti per essere spezzati. Cosa non avrebbe dato per un paio di tronchesi in quel momento.

«*Potrebbe esserci una chiave da qualche parte sulla nave. Manderò Kato a cercarla*». Sollevò il gambero dalla spalla, facendolo nuotare attraverso il portello. Poi tirò la catena, cercando di sottrargliela.

La rabbia bruciò nel petto di Cruz. Lei aveva sacrificato tutto per lui. E ora voleva che lui la abbandonasse così? Strinse la presa. «*Diavolo, no. Hai detto che siamo compagni. Significa che ci siamo dentro insieme*». Scrutò l'interno della nave. «*Devo cercare un attrezzo. Puoi fare più luce qui dentro?*»

«*No. C'è pochissimo fitoplancton quaggiù.*»

Fissò le minuscole luci fluttuanti, cercando di mantenere la calma e pensare lucidamente. Erano come piccoli insetti, il che gli diede un'idea. «*Da bambino raccoglievo le lucciole in un barattolo.*»

Lasciandole la mano, nuotò verso alcune casse rotte. Tra i detriti, diverse bottiglie erano rimaste intatte. Si voltò verso Ebby e ne sollevò una. «*Se riusciamo a concentrare un po' di fitoplancton qui dentro, possiamo usarla come una lanterna.*»

Spinse il tappo di sughero, cercando di smuoverlo, ma le mani gli tremavano. Il gelo che gli correva nelle vene lo stava contagiando di panico, nonostante l'addestramento da sub. Girandosi verso una cassa, spazzò via il sedimento che copriva le altre bottiglie, sperando di trovarne una aperta. Invece notò una spirale di metallo familiare. Un cavatappi! Il panico si placò. Per una volta, la fortuna sembrava dalla sua parte.

Iniziò a lavorare sul tappo, poi si rese conto di essere un idiota. Stava tenendo in mano proprio l'attrezzo che stava cercando. Con i muscoli dei polpacci che minacciavano di avere un crampo, tornò al fianco di Ebby. Mentre le afferrava il polso ammanettato, un brivido profondo fino alle ossa lo scosse. Il cavatappi gli scivolò dalle dita.

«Cruz? Stai bene?» Ebby gli afferrò le spalle. *«Per gli Abissi, stai congelando!»*

Senza preavviso, gli mise entrambe le mani sulle guance e premette la propria bocca sulla sua. Piccole bolle salirono tra loro mentre la lingua di lei giocava sulle sue labbra e i suoi capezzoli gli sfioravano il petto. *«Che stai facendo?»* Si allontanò, diviso tra il desiderio per lei e la consapevolezza di dover rimanere concentrato. Si chinò per recuperare il cavatappi. *«Non è il momento!»*

«Ho appena rinnovato il tuo incantesimo del respiro». Indicò il portello. *«Devi andartene da qui. Ora.»*

«*Lasciarti non è un'opzione.*» L'incantesimo del respiro lo aveva un po' rianimato, ma il suo cuore batteva ancora all'impazzata contro le costole, cercando di pompare sangue alle estremità. «*Neanche per sogno. Dammi la mano.*»

Infilando la punta del cavatappi nella serratura, iniziò a girare.

Quattordici

Il cavatappi scivolò, graffiando dolorosamente il polso di Ebby. Lei trasalì e lui allentò la presa. «*Scusa... è così buio quaggiù.*»

Lui le sfregò il pollice sul graffio, poi riposizionò il cavatappi nella serratura. Sentiva il freddo avere la meglio sulla sua mente, prosciugandole le forze. «*Cruz, va' a cercare la terraferma prima che il freddo ti impedisca di nuotare. Potrai tornare più tardi a liberarmi.*»

Lui continuò a lavorare. «*Trovare di nuovo questo posto sarebbe impossibile. Non ho la magia delle sirene per girare nell'oceano come se fosse il giardino di casa mia. Sono già fortunato ad averti trovata.*»

Lei ebbe la sensazione che lui intendesse più del semplice ritrovamento del relitto. La determinazione che gli irrigidiva le spalle mentre tornava al lavoro le fece tremare la pinna caudale.

«Inoltre, ho già abbandonato qualcuno una volta». Il tumulto gli riempì i pensieri. *«Non lo farò di nuovo.»*

«Chi hai abbandonato?»

I ricordi di Cruz si fusero attorno a un congegno umano, ed Ebby capì subito che si trattava di qualcosa che gli abitanti della terraferma usavano come le barche sulla superficie dell'acqua. *«A sette anni, mia madre finì con la macchina in un burrone. Pioveva ed era buio. Non riuscivo a slacciarle la cintura di sicurezza. C'era sangue ovunque. Non mi ero reso conto di aver perso l'udito, e lei continuava a indicare il finestrino sfondato. Così sono uscito dal burrone per cercare aiuto».* Il suo battito cardiaco rimbombava come un sonar nell'acqua cupa. Per alcuni istanti non disse nulla, continuando a lavorare sulla manetta. *«I soccorritori non la trovarono che due giorni dopo. Morì aspettandomi.»*

Il cuore di Ebby si strinse. Anche se sua madre era stata fredda e senza cuore, suo padre avrebbe fatto qualsiasi cosa per tenerla al sicuro. L'aveva persino mandata via in quel fatidico giorno negli Abissi, quando le sirene li avevano trovati. Se non fosse stato per zio Zantu e zia Brianna, sarebbero morti sia lei sia suo padre.

Lei tese la mano per posare il palmo sulla guancia fredda e ruvida di Cruz. «*Eri solo un bambino. Che altro avresti potuto fare? Rimanere lì e morire con lei? Non avrebbe voluto questo.*»

Il suo pomo d'Adamo ebbe un sobbalzo e lui premette una mano sulla sua, imprigionandole il palmo contro di sé. «*Non perderò un'altra persona a cui tengo.*»

Ebby sentì un fremito nelle viscere. Tenere. Era quello che facevano i veri compagni. Non aveva mai pensato al legame se non come a un ceppo, ma non lo era. Era una forza. Il legame non la divideva; avere un partner devoto la raddoppiava. Cruz era il suo compagno. Un compagno per sempre leale, premuroso, intelligente e stupidamente determinato. Le altre sirene, nella loro brama di conquista sessuale, non avevano idea di cosa si perdessero.

Scivolò più vicino a lui, circondandogli il collo con la mano, e lo baciò. «*Ti amo, Cruz.*»

Il suo cuore accelerò. Inclinando la testa, lui la baciò a sua volta, le labbra salde contro le sue. Lei aprì la bocca e la lingua di lui si tuffò dentro, il petto e le cosce allineati contro il suo corpo. «*Ti amo anch'io*». La mano di lui lasciò il polso ammanettato per accarezzarle la mascella, le dita si infilarono tra i suoi capelli. L'altra sua mano le sfiorò il braccio fino alla scapola, stringendola più forte al petto, in un bacio che si fece più famelico. «*Sei così calda. È strano che io ti voglia? Adesso?*»

«*No. Ti voglio anch'io*». Ebby mise da parte il pensiero che quella potesse essere l'ultima volta che sarebbero stati insieme. Inarcando la schiena contro di lui, il calore le si raccolse nel ventre alla sensazione della sua erezione che pulsava tra loro. Lo desiderava più di quanto avesse mai desiderato qualsiasi altra cosa in tutta la sua vita. Tutto di lui. Niente più esitazioni o paure. Fece scivolare la mano ammanettata tra i loro corpi, afferrò il suo membro turgido alla base e lo accarezzò lentamente verso l'alto prima di dirigerlo verso l'apertura del suo sesso.

Lui gemette nella sua bocca. *«Dio, che bella sensazione che mi dai.»*

Lei scivolò avanti di un paio di centimetri, beandosi della sensazione del suo compagno che stuzzicava la sua apertura. La bocca di lui lasciò la sua per scendere sulla clavicola, poi più giù fino a prendere uno dei suoi capezzoli in bocca. Succhiò con forza, strappandole un gemito che fece tremolare il debole fitoplancton. *«Nettuno»*, non avrebbe mai immaginato che il suo corpo potesse sentirsi in quel modo. La lingua di lui le accarezzava ritmicamente il seno sensibilizzato, facendole diventare il respiro più corto finché non si ritrovò ad ansimare. Lasciando una scia di baci mordicchiati, passò all'altro capezzolo, afferrandole la nuca.

Lei si dimenò contro di lui, volendo tutto. Desiderando essere riempita. Lui le succhiò forte il capezzolo, poi spinse in avanti, seppellendosi dentro di lei. Lei ansimò, con le mani sulle sue costole, mentre la catena tintinnava sul tavolato. Le sue grandi mani la strinsero forte contro di sé, i corpi che si incontravano in ogni punto con un calore che sembrava aumentare la temperatura dell'acqua di dieci gradi.

Ancora una volta le sue labbra tornarono sulle sue, la sua lingua si immerse nella sua bocca. Il suo membro era grosso e duro e lei lo accolse tutto. Lui uscì da lei, poi si spinse di nuovo dentro. Dentro e fuori, sempre più velocemente. Non era più freddo, ma rovente. La sua lunghezza la bruciava di piacere, di brama, il suo desiderio che eguagliava il suo mentre si univano con foga, proiettando il fitoplancton in turbinanti spirali di luce attraverso la nave.

Ma la sua consapevolezza di ciò che li circondava si registrò a malapena mentre Cruz la martellava, colpendole il clitoride con un ritmo che la caricava sempre di più, finché non fu sicura di non poterne più. La pressione nel suo ventre si intensificò e lei gemette, trascinata impotente in una corrente di passione. Rovesciò la testa all'indietro. «*Cruz, oh, abissi, Cruz!*»

Percependo il suo imminente climax, lui le afferrò i fianchi e si seppellì più a fondo, strusciandosi con forza.

La pressione si trasformò in un formicolio che si diffuse verso l'alto dal profondo di lei, finché non esplose. Vide le stelle e si aggrappò alle sue spalle come una naufraga mentre il suo calore pulsava intorno a lui.

Cruz rabbrividì, un suono ferino nella sua gola. I suoi fianchi sussultarono, lanciando getti pulsanti di calore nel profondo del suo essere. Muovendosi più lentamente, più dolcemente, scivolò dentro e fuori mentre il suo rilascio pulsava al ritmo del suo.

Ebby si rilassò, appagata come non lo era mai stata. Le sue labbra le sfiorarono la spalla, la base del collo, la mascella, le labbra. Le sistemò una ciocca ribelle di capelli dietro l'orecchio. *«Beh, questo mi ha riscaldato per bene.»*

Lei sorrise, gli occhi che lottavano per rimanere aperti. *«Anch'io.»*

Avvolgendogli entrambe le mani intorno alla vita per stringerlo a sé, fece sì che la catena si impigliasse intorno alla sua gamba. La realtà le crollò addosso. Era incatenata a una nave in fondo all'oceano con un compagno che sarebbe morto di freddo o di fame.

Anche lui sembrò essere riportato alla realtà da quella sensazione, e si chinò per liberarsi dagli anelli. *«Per quanto mi piacerebbe rannicchiarmi e fare un pisolino con te, penso che dovremmo liberarti adesso.»*

Le pozze profonde dei suoi occhi erano piene di una tale devozione che le venne da piangere. Era testardo come una lontra di mare decisa ad aprire un'ostrica e, qualunque cosa gli dicesse, le sarebbe rimasto accanto fino alla fine.

Si chinò per recuperare il cavatappi caduto durante il loro amplesso, e lei ammirò mestamente la sua schiena ampia, i muscoli che si increspavano mentre si muoveva nell'acqua verso la bottiglia che era rotolata via. Non l'avrebbe mai visto nel nido di suo padre, a riordinare il letto di spugne, a curare il giardino di alghe, con la luce del sole che danzava sulla sua pelle.

Poi si rese conto che il fitoplancton che lo circondava era più luminoso di prima, e brillava come un'aureola. Non solo intorno a Cruz, ma anche a lei stessa.

Tenendo la mano libera vicino alla serratura, illuminò il meccanismo. Cruz tornò a porgerle la bottiglia debolmente luminosa e rimase a bocca aperta. *«Credevo avessi detto che non potevano brillare più di così.»*

Lei si strinse nelle spalle, confusa quanto lui. *«Il*

nostro amplesso deve averli rinvigoriti, in qualche modo.»

Lui scosse la testa e cominciò a lavorare sulla serratura. *«Non capirò mai la magia delle sirene.»*

Lei rise, restando immobile mentre le sue lunghe e abili dita inserivano delicatamente il metallo a spirale nella piccola apertura. *«Credo che li abbiamo solo riscaldati, ecco tutto.»*

«Qualunque cosa sia stata, ti sono grato». Con il viso vicino al metallo, fece dondolare il cavatappi, torcendo l'attrezzo avanti e indietro.

Lei osservava, il labbro inferiore stretto tra i denti. Avere la luce era una gran bella cosa, ma sentiva già l'acqua raffreddarsi. Alla fine, sarebbero tornati al punto di partenza. Cruz colpì la base del cavatappi con il palmo della mano e la serratura si aprì. La manetta cadde, e ogni anello della catena sferragliò sul pavimento.

«Ce l'hai fatta!» Elettrizzata, Ebby gli mise entrambe le mani sulle guance e gli stampò un bacio sonoro sulle labbra.

Lui sorrise contro la sua bocca e le afferrò i fianchi,

trascinandola in una giravolta celebrativa. *«Andiamocene da qui.»*

Non se lo fece ripetere due volte. Prendendogli la mano, lo condusse fuori dalla stiva della nave e verso la lontana e brillante luce del sole.

Quindici

Cruz nuotò a fianco di Ebby, cercando di tenere il passo con l'elegante movimento della sua coda. Ora che era libero dalla grotta, dalla nave e dalle altre sirene, si guardò intorno all'oceano con un nuovo senso di meraviglia. Alla loro sinistra, un vasto banco di sugarelli dagli occhi grandi oscurava l'acqua, formando nuvole mentre evitava un gruppo più piccolo di pesci carango dalla forma squadrata. Sotto di loro, una coppia di pesci drago grigioverdi smuoveva i ciottoli tra l'ondeggiante zostera marina, mangiando a turno le prede smosse. Mentre Ebby lo conduceva fuori dalle acque profonde verso le correnti più calde tra i coralli e le alghe kelp, diversi pesci farfalla a strisce arancioni sbirciarono da sotto un corallo a forma di piatto sulla barriera corallina inferiore.

«Dove stiamo andando?» chiese lui.

Ebby lo trascinò attorno alle punte di un corallo simili a corna di cervo e iniziò a farsi strada tra le fronde dorate delle alghe kelp. *«Ti porto al nido di mio papà».*

Non aveva mai pensato che le sirene avessero dei genitori, e l'idea di incontrare suo padre gli sembrò strana. *«Conoscerò tuo padre?»*

Un'ondata di dolore e rimpianto attraversò la loro connessione, così intensa da farlo trasalire. *«No»*, disse lei. *«Se n'è andato».*

Cruz desiderò fermarsi e stringerla tra le braccia, ma lei non fece che nuotare più veloce. *«Cosa gli è successo?»*

«Probabilmente ora è morto». Usò la mano libera per spostare un folto ciuffo di kelp e li condusse in una radura. L'area di forma ovale aveva un soffitto di fronde di kelp intrecciate e il pavimento era stato allestito come un piccolo cottage sottomarino.

«Morto?» Cruz squadrò un'antica testiera di ottone addossata a un'abbondanza di spugne marine

disposte a formare un materasso multicolore. I sedimenti coprivano la maggior parte delle superfici, ma un punto del letto sembrava essere stato smosso di recente. *«Non lo sai?»*

«Se n'è andato quando sono diventata una sirena». Ebby gli lasciò la mano e si diresse verso una roccia piatta al centro, circondata da barili impregnati d'acqua. Sedutasi su uno di essi, arricciò con grazia la coda alla base del barile.

Il suo gambero domestico, Kato, si era unito a loro quando avevano lasciato la nave, e ora si lanciò dalla sua spalla, portando l'arpa in una piccola alcova. Scavò prontamente una buca e seppellì lo strumento. Poi cominciò a spazzare via nuvole di sedimento dal pavimento con rapidi movimenti della coda, rivelando un mosaico di conchiglie e pietre multicolori.

Cruz si sistemò sul barile accanto a Ebby, felice di riposare dopo tutto quello che era accaduto. *«Sei diventata una sirena?»* Uno specchio alle sue spalle rifletteva la sua schiena liscia e i fianchi dolcemente arrotondati, i capelli che fluttuavano selvaggi e sexy intorno alla sua testa. Poteva quasi immaginarla con le gambe. *«E prima... eri umana?»*

Ebby ridacchiò. «*Dimentico che voi umani non potete scegliere. I bambini sirena sono senza genere finché non raggiungono la pubertà*».

Il suo sguardo scivolò sui seni di lei. «*È un po' difficile immaginarti diversa da una femmina.*» Con sua soddisfazione, i capezzoli di lei si indurirono visibilmente. La fame per lei gli accese il desiderio all'inguine. Ma la sua mente era piena di tristezza, e lui voleva che la loro prossima unione fosse piena di gioia, non di dolore o rimpianto. «*Perché la tua scelta del genere ha fatto andare via tuo padre?*»

Lei si morse il labbro, lo sguardo che scivolava sul piano del tavolo. «*Non si fidava a starmi vicino. Le sirene sono pericolose*».

L'indignazione gli bruciò nel cuore. «*Ma era tuo padre*».

«*Non importa*». Allungò la mano e spazzò via il sedimento dalla superficie di fronte a sé, scoprendo la pietra butterata sottostante. «*Le sirene sono violente, possessive e non ci si può fidare di loro, nemmeno della propria famiglia*».

Aveva già detto che le sirene erano cattive. Che volevano solo giocare e che la maggior parte del loro divertimento era una qualche forma di tortura. Ma

Ebby era una sirena, e non era affatto così. *«Se sono così cattive, perché hai scelto di essere femmina?»*

Un sorriso malinconico le attraversò il viso. *«Da piccola ho sempre pensato che avrei scelto di essere maschio. Giocavo a costruire il nido e aiutavo con il piccolo, prima che...»* Deglutì a fatica. *«Il piccolo morì. Ma quando è arrivato il momento, la scelta è stata chiara. Non volevo finire come mio papà».*

«Cosa vuoi dire?» C'era così tanto di Ebby che non capiva, e più imparava, più voleva sapere.

La sua mano libera si strinse a pugno sul tavolo. *«Non ho mai voluto essere schiava del legame di coppia.»*

Gli si strinse la gola. Per quanto strano fosse, era felice di questo legame che gli permetteva di condividere sé stesso con un'altra persona. Sulla terraferma, non avrebbe mai potuto avere una cosa del genere, nemmeno con una moglie. Una compagna che poteva sentirlo era molto meglio, e poteva facilmente immaginarsi di vivere sotto le onde con Ebby per l'eternità. Non aveva mai considerato che forse Ebby non volesse essere legata a lui. Le lasciò la mano e intrecciò le proprie in grembo.

«Se non vuoi essere legata a me, puoi riportarmi a terra. Starò bene». Era una bugia bella e buona, ma non avrebbe trovato alcuna gioia in una vita con qualcuno che non lo voleva.

«No!» Allungò una mano verso di lui, poi esitò, le sopracciglia sottili che si aggrottavano. *«A meno che tu non voglia stare con me? Non ti costringerò».*

Cruz si sciolse, inondato dal sollievo. La sollevò, portandola verso il letto. *«Non vorrei niente di meglio che passare il resto della mia vita con te».*

Lei chiuse gli occhi e si appoggiò al suo petto. Lui la adagiò sul materasso di morbide spugne e si stese accanto a lei, avvolgendola come in un bozzolo tra le sue braccia. La cosa successiva che seppe fu che era calata l'oscurità. Ebby dormiva tra le sue braccia, calda e morbida. Non si era mai sentito così a casa, come se avesse finalmente trovato il suo posto, proprio lì nel suo abbraccio.

Doveva aver sentito che si era svegliato, perché si girò per guardarlo. *«Prometto che non ti farò mai quello che mia madre ha fatto a papà».*

«Sei rimasta sveglia a pensare per tutto questo tempo?» La strinse di più al petto.

«*Mi sono assopita. Voglio solo che tu sappia che sei al sicuro con me*».

«*Cosa ha fatto tua madre? Lei e tuo padre erano legati come noi?*»

«*Oh no*». Una risata aspra le scosse il petto. «*Mio padre adorava mia madre. Non poteva farne a meno. Ma lei non ricambiava il suo amore. Ogni volta che ci lasciava, si portava via un pezzetto di lui, finché non divenne un mero guscio d'uomo. Fui felice quando finalmente morì, perché significava che papà era libero*». Sospirò pesantemente. «*Solo che non lo era. Non davvero*».

«*Gli umani la chiamano depressione*».

Parve rimpicciolirsi tra le sue braccia. «*Quando sono diventata femmina, l'ho distrutto per sempre*».

Le mise una mano sulla pelle morbida della guancia. «*Non puoi incolparti per come si sente qualcun altro*».

Un suo dito gli tracciò le labbra, mandandogli un brivido lungo la schiena. «*Nemmeno tu?*»

Le morse delicatamente la punta del dito, tenendola tra i denti. «*Dipende dal tipo di sensazione di cui stiamo parlando*».

Lei si mosse leggermente, e il suo cazzo si drizzò di scatto. *«Che ne dici di quel tipo di sensazione?»*

Allargando la mano sulla parte bassa della sua schiena, la fece scorrere lungo la spina dorsale fino a intrecciarla tra i suoi capelli. Delicatamente, le tirò la testa indietro e di lato, chinandosi per sfiorarle la gola con le labbra. I suoi seni erano morbidi contro il petto di lui, la sua pelle setosa sulla sua bocca.

Trascinò la mano libera su per le costole e le cinse un seno. Il petto di lei si sollevò in un respiro eccitato e il capezzolo le si indurì. Sollevandosi su un braccio, la fece rotolare sulla schiena contro le spugne. Non riusciva a vederla al buio, ma poteva sentire il suo desiderio incontrare il suo attraverso la loro connessione mentale, che lo spronava.

Le strofinò la pelle liscia sopra i fianchi e fino al punto di transizione con il ventre, sopra i seni, accarezzandole la guancia. Con baci leggeri come piume, la venerò, la adorò, coprendo ogni centimetro della sua pelle prima di farle scivolare una mano lungo il ventre teso fino al sesso. Le sue pieghe erano umide e pronte, e lei si inarcò verso il suo tocco. Senza esitazione, le seppellì il dito medio dentro.

«*Sei così perfetta*», disse mentre la penetrava lentamente con le dita.

Lei roteò i fianchi contro il suo tocco. Inserì un secondo dito, con le sue cosce a cavallo di lei. Le sue pareti interne pulsavano intorno a lui, fremendo a ogni carezza contro le sue creste più interne. Si inarcò e si contorse, cercandolo con entrambe le mani e tirandolo giù sopra di sé. La sua bocca incontrò la sua, morbida e arrendevole, mentre una mano gli avvolgeva la nuca. Le punte delle loro lingue si incontrarono, inviando una fiammata di desiderio lungo la sua spina dorsale.

Senza mai interrompere il bacio, si allungò tra di loro, posizionandosi alla sua apertura. Lei si spinse contro il suo cazzo e lui gemette senza pensare. Con una rapida spinta, si seppellì dentro di lei. Lei si mosse di nuovo contro di lui e lui la baciò più forte, una mano che le accarezzava la guancia mentre la cavalcava. Era così bella avvolta intorno a lui, così stretta e calda. Una misura perfetta. Una compagna perfetta.

Lei si inarcò per seguire il suo ritmo, i loro corpi che si muovevano all'unisono, e lui seppellì il viso contro il suo collo, schiacciando il proprio corpo contro quello di lei, roteando i fianchi più velocemente. La sua pelle aveva un sapore madido e muschiato, facendolo impazzire mentre scivolava dentro e fuori di lei. La pressione dentro di lui cresceva a ogni affondo, e poteva sentire nella sua mente che anche lei era sull'orlo dell'estasi, ansimando il suo nome a ogni spinta.

Con una mano a sorreggerle i fianchi, si spinse contro di lei, stringendo i denti contro l'orgasmo. Si ritrasse, fermandosi al suo ingresso. *«Vieni per me...»* ringhiò, scagliandosi di nuovo dentro di lei.

Lei emise un grido e si inarcò, fremendo alla prima pulsazione del suo orgasmo. Lui la strinse più forte mentre l'acqua li sollevava, continuando a spingere finché non fu sicuro di averle strappato ogni ultima reazione dal corpo. Con un brivido e un gemito tutto suo, permise alle sue scosse di assestamento di mungerlo fino all'oblio.

Sedici

Il canto mattutino di un pesce pipistrello, fuori dal nido, svegliò Ebby. Lei si stiracchiò e aprì gli occhi. Cruz dormiva profondamente al suo fianco sul letto di spugna, con un braccio a farle da cuscino e l'altro avvolto morbidamente sul suo fianco. Zitta zitta, cercò di mettersi a sedere. Il braccio di lui sul suo fianco si strinse e la tirò all'indietro contro di sé.

«Non così in fretta». La voce di lui nella sua testa era adorabilmente assonnata. *«Dov'è il mio bacio del buongiorno?»*

Lei sorrise e si girò nel cerchio delle sue braccia per posargli il palmo sulla guancia barbuta. Mordicchiandogli le labbra, disse: *«Ho fame.»*

«*Anch'io*». Cruz la baciò con fermezza e si mise a sedere. «*Mi offrirei di prepararti la colazione, ma non sono sicuro di cosa tu abbia da mangiare da queste parti. O di come cucinarlo.*»

Ebby aveva sentito parlare di questa cosa chiamata 'cucinare', ma il suo scopo era un mistero per lei. Si alzò dal letto, cercando con lo sguardo il coltello che suo padre usava per il raccolto. «*Ti mostrerò gli orti.*»

I sedimenti avevano quasi soffocato la macchia di alghe appena fuori dal nido, ma papà aveva mantenuto diversi appezzamenti più in là, lungo la barriera. Porse un coltello a Cruz e lo condusse attraverso il kelp intrecciato, fuori dalla radura, fino a un tratto di roccia sottovento dove un tempo le alghe crescevano fitte e rigogliose. Le sue visite sporadiche non bastavano a curare gli orti e diversi pesci pappagallo si erano insediati, divorando la maggior parte delle succulente fronde.

Inviando un avvertimento sonoro per scacciare i pesci, accompagnò Cruz tra la vegetazione rada, insegnandogli come raccogliere, come rimuovere le lumache di mare infestanti e come evitare gli anemoni che si nascondevano tra le fronde. «*Prendersi cura degli orti fa parte del mantenimento di un nido*», spiegò. Poi si rese conto, con una gioia vertiginosa, di avere un nido. Un nido che non si sarebbe limitata a visitare occasionalmente, ma che avrebbe aiutato a mantenere, con Cruz al suo fianco.

Cruz assaggiò vari bocconi mentre riempivano la ciotola. *«Adesso mi mangerei volentieri un cheeseburger.»*

«Cos'è un cheeseburger?»

«Carne con formaggio fuso tra due morbidi panini». Sollevò una fronda, la osservò criticamente, poi se la ficcò in bocca. *«È un po' difficile da spiegare, ma a pensarci mi sta venendo ancora più fame. Questo è come mangiare solo l'insalata.»*

«Sarai troppo pieno per mangiare quando torneremo», lo prese in giro lei.

Lui le avvolse un braccio attorno alla vita e le portò un pezzo di alga alle labbra. *«È meglio che mangi anche tu. Ho altri piani oltre a mangiare, quando torneremo.»*

Ridacchiando, lei accettò il boccone, succhiandogli il dito per gioco.

«Sirena birichina». Le sorrise.

Lei gli avvolse entrambe le mani intorno al sedere e gli afferrò i fianchi, strusciandosi contro la sua erezione crescente. «*Umano insaziabile.*»

Qualcosa di dorato catturò la luce sulla cresta sopra di loro, e un paio di occhi color citrino incrociò i suoi sopra un ventaglio di mare rosso. Ebby spinse Cruz dietro di sé.

Apparendo dalla cresta, le labbra coralline di Lutana si aprirono in un sorriso.

«*Cazzo! Dov'è il mio coltello?*» Cruz si precipitò verso la ciotola di alghe posata tra le rocce, a pochi metri di distanza.

Ebby si sollevò nella corrente, con le mani sui fianchi, e fissò l'altra sirena. Lutana da sola, Ebby poteva gestirla. Ma se avesse portato delle amiche... «Cosa vuole?»

Lutana inclinò la testa. «Le correnti cantano che Selachii e Urokotori sono morte.»

Ebby squadrò Lutana in una sfida silenziosa. «Non riesco a immaginare che Lei abbia un problema con questo, Lutana. Non sarà più costretta a partecipare ai loro giochi.»

Cruz fluttuò accanto a Ebby, con il coltello brandito in una mano. «*Trovato.*»

Una risata argentina increspò l'acqua. «Oh, è un tipetto feroce, non è vero?» Lo sguardo della sirena dorata perlustrò Cruz. «Per quanto tempo ha intenzione di tenerlo?»

Con la gola secca, Ebby soppesò le sue prossime parole. Non c'era nessuna regola che proteggesse i compagni di una sirena, probabilmente perché le sirene non provavano affetto per nessun tritone in particolare. Ma Cruz era umano. Questo non lo rendeva speciale? Kato sbirciò cautamente da sotto un corallo a forma di palma, dando a Ebby un'idea. «È il mio nuovo animale da compagnia.»

Lutana strinse gli occhi, le labbra arricciate in una smorfia. «È la sirena più strana che conosca. Le altre troveranno la cosa... affascinante.»

«Altre?»

«Come ho detto, le correnti stanno già sussurrando riguardo al territorio aperto.» Lutana si strinse nelle spalle e si voltò per andarsene.

«E se le dicessi che è il mio compagno?» sbottò Ebby.

Lutana si fermò, poi tornò sul bordo della cresta, il suo sguardo astuto che ancora una volta squadrava Cruz dalla testa ai piedi. «Credo che Lei sia confusa, sorella. È una sirena. Non un qualche tritone malato d'amore.»

Una parte di Ebby si sentì dispiaciuta per Lutana. L'altra sirena non si dilettava nella crudeltà come avevano fatto Selachii e Urokotori, ma era ancora influenzata dalle loro aspettative. Ebby si mosse in avanti. «Non dobbiamo essere definite dal nostro sesso o dai nostri desideri, ma solo dalle nostre azioni.»

Lutana soffiò una brusca sfilza di bolle e incrociò le braccia.

Ebby avanzò di qualche centimetro. «Non è troppo tardi per Lei, Lutana. Se io ho potuto trovare l'amore, allora può farlo anche Lei.»

Lutana emise un suono vago in fondo alla gola, poi senza un'altra parola si girò e scomparve oltre la cresta.

«Ci saranno altre sirene, vero?» La voce di Cruz le entrò dolcemente nella testa. *«Un giorno, uno di noi si farà male.»*

Lacrime salmastre pizzicarono gli occhi di Ebby. Il suo sogno di avere un nido con un compagno e un partner, un sogno che solo pochi istanti prima era sembrato così reale, era stato strappato dalle radici come kelp durante una tempesta. Si voltò verso Cruz, ammirando la sua bellezza muscolosa: il petto scolpito, le braccia forti, le gambe che muoveva dolcemente per tenersi a galla. Sarebbe stato già abbastanza difficile proteggere un tritone come compagno, ma un umano era quasi indifeso sotto le onde. Se solo avesse potuto farsi crescere una coda, come zio Zantu si era fatto crescere le gambe...

Una diga dentro al suo petto si aprì. C'era un altro modo? Come aveva fatto zio Zantu a farsi crescere le gambe? C'era solo un modo per scoprirlo. Prese le mani di Cruz tra le sue. *«C'è qualcuno che voglio presentarLe.»*

Diciassette

Ebby si avvicinò con cautela alla piccola insenatura dove viveva suo zio. Una tempesta si avvicinava e le onde si infrangevano con forza contro la riva. Faticò a resistere alla risacca che cercava di scagliarla insieme a Cruz contro il fondale roccioso.

Un piccolo yacht ondeggiava tra le onde vicino alla punta, costringendola a fermarsi. La spiaggia non era privata, ma senza una barca vi si poteva arrivare solo scavalcando i massi aguzzi e levigati dalla risacca lungo i lati della baia a mezzaluna. *Per gli Abissi!* Ovviamente doveva scegliere proprio il giorno in cui qualcuno aveva deciso di fare un picnic.

«Cos'è?» chiese Cruz mentre lei inviava una richiesta sonica ai pesci vicini, chiedendo da quanto tempo fosse lì l'imbarcazione.

Indicò l'ombra della barca sopra di loro. «Non so a chi appartenga.»

Lui inclinò la testa e la sua presa sulla mano di lei si strinse. «Potrebbero essere i miei amici, che mi cercano.»

Indicando la sua pinna caudale fluttuante, mormorò: «Non posso lasciare che gli umani mi vedano così.»

La corrente li spinse contro un masso sommerso, costringendola a tirare Cruz di lato per evitarlo. Lo portò più al largo e gli avvolse le braccia intorno al collo, nascondendo il viso nell'incavo della sua spalla. Non riusciva a immaginare la vita senza di lui. Ma se lei era legata al mare e lui alla terra, come avrebbero potuto costruirsi una vita insieme?

Lui le prese la nuca con una mano e le diede un bacio vicino all'orecchio. «Potremmo andare a cercare un'altra spiaggia.»

«Non ci sono altre spiagge senza umani.» Pensò alla costa: chilometri di barche rumorose, di nuotatori, di case affacciate sull'acqua. «E io devo parlare con mio zio». Gli aveva raccontato di suo zio mentre nuotavano verso l'insenatura e di come a lui fossero cresciute le gambe per stare con la sua compagna sulla terraferma. Ma lei era una sirena, e forse per lei non sarebbe stato possibile.

«Ebby». Lui piegò il collo per guardarla negli occhi. «Aspetteremo solo che la barca se ne vada, d'accordo?»

Un ciuffo scomposto di piume passò fluttuando, i resti di qualche uccello caduto preda dei pericoli dell'oceano. Cruz non era al sicuro lì. Doveva tornare indietro subito, con o senza di lei. «Dovresti andare a dire ai tuoi amici che stai bene. Io arriverò appena la via sarà libera».

Lui la strinse più forte. «Ne abbiamo già parlato. Non ti lascio».

Lei fece una smorfia. «Sta arrivando una tempesta. Stare così vicino a riva è pericoloso. Devi andare a terra».

La sua bocca si assottigliò in una linea di insoddisfazione. Dopo un attimo, disse: «Promettimi che verrai a riva appena potrai».

Lei annuì. «Prometto».

Lo tenne sotto la superficie finché non fu certa che potesse superare le onde da solo, poi lo lasciò andare perché si lanciasse verso riva con bracciate lunghe e potenti. Quando lui raggiunse acque più basse, lei galleggiò tra le onde con solo gli occhi fuori dalla superficie, guardandolo emergere dalla risacca. La sua corporatura muscolosa era ancora più magnifica sulla terraferma, l'acqua che scintillava sulla pelle dorata e abbronzata sotto la luce del sole. Oh, come amava i larghi muscoli delle sue spalle e i fasci definiti delle sue gambe.

Spingendosi di nuovo fuori dall'insenatura e lontano dalle onde impetuose, si girò sulla schiena e fissò la sua coda. Avrebbe potuto farsi crescere le gambe, come lo zio Zantu? Lui le aveva detto che aveva a che fare con il legame di coppia. Senza Cruz lì, la paura la colpì: e se le sirene fossero state davvero immuni al legame di coppia? E se si fosse solo immaginata quel legame per tutto il tempo? Ora che Cruz era a terra, forse la magia si era spezzata.

Le onde che si infrangevano potevano essere pericolose anche per una sirena, ma non riuscì a trattenersi dal muoversi tra i massi sommersi lungo il bordo meridionale dell'insenatura, solo per avvicinarsi un po' di più a Cruz. Tenendosi in verticale, come un pesce rasoio tra le spine di un riccio di mare, fece capolino sopra le onde. Sulla spiaggia, due uomini conversavano, ma potevano esserci altri umani più indietro, tra gli alberi. Non osava mostrarsi finché non fosse stata sicura. Quanto doveva essere vicina per parlare con Cruz? «Cruz, riesci a sentirmi?»

Nessuna risposta.

La sua pinna grattò sul fondo roccioso e lei strinse i denti. Non poteva avvicinarsi molto di più senza finire piena di lividi e ferite. Oltre il fragore delle onde, la risata di un bambino si diffuse nell'aria.

Ebby sollevò la testa e le spalle sopra l'acqua per guardare meglio, pregando che nessuno la vedesse tra le rocce.

Una piccola figura che poteva essere solo Camilla saltava su e giù in cima al masso preferito di Ebby, parlando con qualcuno in acqua. Brianna? All'umana piaceva nuotare, ma Ebby fu sorpresa di vederla sfidare quel tipo di onde. Molto probabilmente stava cercando di convincere Camilla a scendere da quella roccia e tornare a riva.

La voce dello zio Zantu echeggiò dalla spiaggia, a malapena udibile sopra le onde che si infrangevano. «Forza, Ebby! Va tutto bene!»

Un sollievo così grande da toglierle il fiato le inondò il petto. Cruz ce l'aveva fatta! Aveva conosciuto suo zio e ora tutto si sarebbe sistemato. Tenendo la testa fuori dall'acqua, si tirò fuori dai massi e permise a un'onda che si arricciava di portarla avanti. Il suo cuore si gonfiò quando riconobbe i capelli blu-argento di suo zio e le larghe spalle di Cruz, entrambi gli uomini rivolti verso l'acqua.

«*Ebby!*» la chiamò Cruz, la voce debole ma colma di eccitazione.

Poi un lampo di smeraldo dietro la roccia di Camilla fece sussultare il cuore di Ebby. Era una sirena? Dov'era Brianna? L'angoscia le mise radici nello stomaco. Erano tutti a riva sotto l'incantesimo di una sirena?

Un canto profondo e familiare pulsò attraverso l'acqua, una ninna nanna che non sentiva da oltre due anni. Si immobilizzò, confusa, mentre un'altra onda si infrangeva su di lei, spingendola contro la sabbia.

Riemerse di nuovo mentre un tritone dalla coda di smeraldo si issava sulla roccia vicino a Camilla.

«Papà?» Non riusciva a respirare, non riusciva a muoversi. Papà era vivo! Vivo e qui! «Credevo fossi morto!»

Gli occhi diffidenti di suo padre incontrarono i suoi prima di lanciare un'occhiata oltre la spalla, verso la spiaggia. «Sei sicura che non sia un pericolo?»

Camilla gettò le braccia al collo del tritone. «Smettila di preoccuparti, zio Rubac. Ebby non farebbe mai del male a nessuno.»

L'esultanza nel cuore di Ebby si spense, lasciando spazio a un dolore amaro.Era ancora terrorizzato. Credeva ancora che lei lo avrebbe fatto a pezzi solo per divertimento.

La voce rassicurante di Cruz la raggiunse: «*Non sa come stanno le cose. Non ancora.*»

Ebby si issò su un altro masso a diversi metri da lui, le mani aggrappate alla sua superficie coperta di cirripedi mentre un'altra onda cercava di spingerla via. Cruz aveva ragione. Doveva muoversi lentamente, anche se desiderava ardentemente correre da suo padre, abbracciarlo come stava facendo Camilla. Ma capiva la sua paura.

Lui rimase in silenzio, con lo sguardo che vagava sulla coda di lei color albicocca. Sembrava lo stesso di come lo ricordava, la coda di smeraldo brillante come sempre, i gioielli che scintillavano su ogni arto e piercing. Cosa avrebbe dovuto dirgli? La voce le tremò in gola mentre cercava di trattenere le lacrime. «Ciao, papà.»

Camilla lasciò il collo di Rubac e si alzò per guardare di nuovo Ebby, la pancia paffuta arrossata dall'acqua fredda. Indossava un costume a due pezzi a balze che faceva sembrare i suoi fianchi una medusa. «Ha una nuova compagna che si chiama Madison! Mi ha dato le caramelle. Vieni! Scommetto che ne darà un po' anche a te!»

Una seconda compagna? Ebby non credeva fosse possibile. «Hai un'altra compagna?»

Papà si passò una mano tra i capelli, la fronte aggrottata. «Non so come definirla, ma la amo.»

Ebby guardò verso la riva. Cruz era entrato tra le onde, vacillando a ogni spinta dell'acqua contro le sue gambe. Se papà aveva una compagna, doveva avere anche le gambe, giusto? Forse la magia era speciale solo per lo zio Zantu...

Scuotendo la testa, scacciò quel pensiero. Per Nettuno, si sarebbe fatta crescere le gambe anche a costo di tagliarsi in due. Si spinse giù dalla roccia verso la riva. «Anch'io ho un compagno.»

Cruz tese entrambe le braccia verso di lei. «*Vieni da me, Eb— ah, diavolo!*» Un'onda gli spazzò via i piedi da sotto.

Ebby si tuffò in avanti, afferrandolo prima che l'onda potesse trascinarlo nella risacca. Un attimo dopo sentì le rocce pungerle la schiena, e Cruz le era addosso mentre l'onda si ritirava, lasciandoli scoperti sulla terraferma.

Lui la guardò negli occhi, e nel suo sguardo si rifletteva l'amore con la stessa certezza con cui la luna si specchia su un mare calmo. Facendo leva sulle mani, si tirò indietro fino a sedersi sui talloni. I suoi occhi scesero lungo il busto di lei e si fermarono da qualche parte sotto la sua pancia, e un lento sorriso si allargò sulle sue labbra.

Lei seguì il suo sguardo fino a un triangolo di peli appena sotto l'ombelico, poi si rizzò a sedere di scatto.

La sua coda color albicocca era scomparsa, sostituita da lunghe cosce pallide, ginocchia, stinchi e piedi con dieci perfette dita rosa coperte di sabbia. «Ce l'ho fatta!» Alzò lo sguardo nei suoi occhi. «Ce l'ho fatta davvero!»

Camilla accorse, sventolando un asciugamano rosa e viola. «Vuoi usare il mio asciugamano?»

Ebby lo prese, sapendo che gli umani avevano un'avversione per la nudità, e se lo avvolse intorno. Non si era mai sentita in imbarazzo come sirena, ma questo nuovo corpo era troppo fresco, troppo nuovo perché potesse sentirsi davvero a suo agio. «Grazie, Camilla.»

Un'altra onda si infranse verso di loro, e Cruz le fece scivolare le braccia sotto le spalle e le ginocchia, sollevandola con la stessa facilità con cui lei lo aveva trasportato nell'acqua.

«Vieni, Ebby.» La bambina le prese la mano. «Andiamo a chiedere a Madison altre caramelle!»

«Aspetta un attimo, pesciolino.» Zantu intervenne, sollevando sua figlia sulle spalle. «Ebby ha bisogno di un po' di tempo per abituarsi e forse per parlare con suo padre prima di farla correre su per la collina.»

La bambina iniziò a lamentarsi, ma Ebby sorrise alla cugina e le promise: «Salgo subito, va bene?»

«Sbrigati, per favore.» Poi Camilla strillò di gioia quando Zantu iniziò a correre su per il sentiero.

Cruz la portò attraverso la sabbia fino a suo padre. Si fermò ai margini della risacca e posò con delicatezza i piedi di Ebby sulla sabbia. *«Vuoi che vi lasci un momento da soli?»*

«No!» Lei gli prese la mano, alzando lo sguardo sul suo viso. *«Abissi! Quanto sei alto!»*

Lui rise di gusto. *«Non hai più le pinne a farti sembrare grande.»*

«O spaventosa», pensò, mentre si voltava verso la risacca, dove papà l'aspettava con la testa e le spalle fuori dall'acqua. Gesticolando e parlando insieme, disse: «Papà, vorrei presentarti il mio compagno, Cruz. Cruz, questo è mio padre, Rubac.»

Papà non riusciva a distogliere lo sguardo dalle sue gambe.

Cruz gesticolò: «Lieto di conoscerLa, signore.»

«Dice che è lieto di conoscerLa», tradusse Ebby.

Papà sbatté le palpebre, sembrando finalmente notare Cruz. Un lento sorriso si allargò sul suo viso. «Il tuo compagno. Ha una buona aura. Forte.» I suoi occhi incontrarono quelli di lei. «Anche tu, figlia mia.»

Ebby sentì una fitta al cuore che non era sicura di come interpretare. «Papà, tu... hai ancora paura di me?»

Papà scosse la testa e si avvicinò alla riva, la sua coda completamente esposta e scintillante nell'acqua spumeggiante. «Vieni a darmi un abbraccio.»

Inciampando sulla sabbia bagnata, Ebby cadde in ginocchio e gli gettò le braccia al collo, con un singhiozzo che le strozzava la gola. «Mi sei mancato così tanto.»

Le sue braccia le avvolsero le spalle, dandole leggere pacche sulla schiena. «Quando hai deciso di diventare femmina, temevo che non saresti più stata la stessa. Credevo che ti saresti trasformata in un mostro. Mi sbagliavo. Mi dispiace.» La strinse più forte. «E sono orgoglioso di te.»

«Ti voglio bene, papà», mormorò Ebby con voce soffocata, stringendolo forte.

«Anch'io ti voglio bene, Ebby.» Un'onda li travolse, quasi strappandole l'asciugamano, e lei allentò l'abbraccio per tenerlo a posto.

Papà si ritirò nell'acqua, ma non si allontanò molto.

Mentre lei si alzava in piedi, Cruz si fece avanti e le mise un braccio intorno per sorreggerla. *Tutto a posto adesso?*

Appoggiandosi a lui, affondò le dita dei piedi nella sabbia umida, osservando la coda di smeraldo di suo padre. *È tutto meraviglioso.*

Dall'acqua, papà gridò: «Ora vai su e presentati a Madison. Poi dille di scendere qui. Credo sia il momento di una vera riunione di famiglia.»

Epilogo

Ebby si mise a cavalcioni su Cruz, sdraiato sul telo da mare, ancora stupita dalla sensazione di averlo tra le cosce, e si perse a guardare le onde. Il vento dal mare si era alzato, sollevando granelli di sabbia sulle rocce, mentre il tramonto dipingeva il cielo di giallo vaniglia. Dal cottage sulla collina arrivava la musica, e gli invitati avevano lasciato la spiaggia per pizza e giochi di società.

Ebby inspirò lentamente una lunga boccata d'aria salmastra, ripensando alla torta che aveva preparato per il compleanno di Camilla. Da quando era arrivata a riva, Ebby aveva sviluppato un gusto tutto suo per il cibo umano — soprattutto per il cioccolato — e passava ore in cucina a sperimentare nuovi sapori. Le sue alghe al caramello non avevano riscosso grande successo, ma la torta di *dulse* al cioccolato era così buona che Camilla l'aveva voluta anche per la festa.

«A cosa pensi?» segnò Cruz.

Nei mesi trascorsi a terra avevano stabilito alcune regole di base su quando entrare nella mente dell'altro — e, per cortesia, su come permettere a chi li circondava di partecipare alle conversazioni. Zantu e Brianna avevano ancora bisogno che Ebby traducesse quasi tutto, ma Camilla ormai era già fluente. Forse non aveva la coda, ma sembrava aver ereditato la naturale abilità delle sirene di imparare le lingue con la stessa facilità con cui raccoglieva conchiglie sulla spiaggia.

Dato che erano soli, Ebby aprì la mente al suo compagno. Non era sicura di come affrontare l'argomento che le premeva davvero. *«Adesso mi andrebbe proprio un po' di cioccolato.»*

Lui rise e le fece scorrere un dito lungo la spina dorsale. *«Andiamo a vedere se Camilla ci ha lasciato un po' di torta?»* La sua mano scivolò nell'elastico del costume per stringerle il sedere. *«O vuoi restare qui?»*

Lei rise, contraendo i glutei, ancora poco avvezza alle nuove sensazioni dell'essere umana. O, almeno, dell'avere una forma umana: sarebbe sempre stata una sirena. *«Non sono una fan della sabbia nelle fessure. Ma sì, vorrei davvero un po' di torta.»*

Lui mosse le dita e la sabbia le graffiò la pelle; lei strillò, cercando di divincolarsi. Lui la tenne ferma e la fece girare sulla schiena. Una risatina attirò la sua attenzione, ed Ebby picchiettò sul petto di Cruz. *«Abbiamo compagnia.»*

Cruz si scostò rotolando, mentre Ebby si sistemava il pezzo superiore del costume da bagno. In fondo al sentiero, il viso da folletto di Camilla sorrideva loro da dietro un albero.

Ebby si alzò, con le mani sui fianchi. «Camilla, spiare è da maleducati.»

Camilla attese che Cruz si voltasse verso di lei, poi segnò: «La mamma ha detto di portarvi su prima che accendiamo le candeline».

«Va bene, piccola rosicchiatrice.» Cruz usò il soprannome con cui la famiglia chiamava la bambina, e il cuore di Ebby parve scoppiare di tenerezza. Sarebbe stato un padre meraviglioso. «Siamo subito dietro di te.»

Mentre lui scuoteva il telo, Ebby decise di affrontare la questione con più franchezza. Non aveva mai parlato di figli con Cruz ed era ancora incerta sulle sue capacità di madre, ma aveva ormai abbandonato la vecchia convinzione che il cuore di una sirena fosse incapace di amare. Perché non un figlio? *«Hai mai pensato che potresti volerne uno?»*

«Uno di cosa?» Arrotolò il telo intorno alle bottigliette d'acqua e se lo infilò sotto il braccio.

Ebby si infilò le infradito, il cuore in gola. *«Una piccola rosicchiatrice.»*

Cruz sollevò un sopracciglio. *«Non desidererei altro. C'è qualcosa che vuoi dirmi?»*

Ebby aspettava il momento giusto da due giorni, da quando Brianna l'aveva aiutata a fare il test di gravidanza. Aveva pianto per quel piccolo segno sullo stick, temendo il futuro, le proprie capacità e le responsabilità. Brianna l'aveva abbracciata, promettendole di starle accanto in ogni momento, e in quell'istante Ebby aveva deciso di provarci. Forse avrebbe avuto un maschietto come Cruz, con i capelli scuri, gli occhi nocciola e quel sorriso capace di scioglierle il cuore.

Si morse il labbro e lo guardò da sotto le ciglia. «*Ho sentito dire che se è una femmina, avrò voglia di cioccolato e cetriolini.*»

Gli occhi di Cruz si spalancarono; lasciò cadere il telo e le posò entrambe le mani sulle spalle. «*Diventerò padre?*»

Lei annuì.

Lui lanciò un urlo e la sollevò tra le braccia. «*Ti ho detto che ti amo, oggi?*»

Ebby gli avvolse le gambe intorno alla vita, lasciandosi travolgere dalla sua gioia. Poteva farcela. Con l'amore del suo compagno, avrebbe potuto affrontare qualsiasi cosa. «*Meglio che me lo dici di nuovo, tanto per essere sicura.*»

«*Ti amo*». La baciò lentamente, indugiando sulla sua bocca con carezze lente e morbide della lingua.

Lei lo strinse più forte a sé. «*Anch'io ti amo.*»

Cara lettrice,

grazie per aver letto la storia di Ebby. Spero che la mia interpretazione della mitologia delle sirene ti abbia conquistata! La serie *Anime gemelle mostruose* continua con **La sposa del centauro**, dove ti attendono i sensuali segreti dei mutaforma.

Cavalcare un cowboy non è mai stato così eccitante...

Tocca la copertina per acquistarlo subito — oppure continua a leggere per un piccolo assaggio!

XOXO, Tamsin

P. S. Non ne hai ancora abbastanza della storia di Ebby? Iscriviti al mio VIP Club e ricevi un epilogo bonus esclusivo per scoprire cosa è successo a Kato!

ISCRIVITI QUI: https://BookHip.com/CFSNDCD

Black Stevens si sollevò la tesa del cappello da cowboy dalla fronte con il dorso del polso e si fece da parte per lasciare alla puledra appena nata lo spazio per alzarsi in piedi. Le deboli lampadine fluorescenti appese alle travi della stalla cercavano a fatica di tenere a bada la notte. Il parto era andato liscio, nonostante la preoccupazione della mandria che Millie fosse troppo vecchia per un'altra gravidanza.

Accanto a lui, Su, la figlia maggiore di Millie, emise un sospiro di sollievo. «Sta bene?»

«Sana come un pesce», disse, incrociando il suo sguardo.

Su distolse subito lo sguardo. In forma umana Su era ancora più insignificante che in forma equina, con capelli scuri anonimi e una pelle giallastra che si abbinava al suo manto di giumenta. Era uno dei pochi membri della mandria subordinati a Black.

Millie, una baia, strofinò il muso brizzolato contro la piccola appena nata, incoraggiandola ad alzarsi.

«Come la chiamerete?» chiese Black.

Millie sbuffò e roteò un occhio, incapace di rispondere in forma equina, mentre Su porgeva una mano alla puledra, lasciandole prendere il suo odore. «Probabilmente lasceremo decidere a Lori.»

Stavolta fu il turno di Black di sbuffare e roteare gli occhi. Si agganciò i pollici ai passanti dei jeans per non stringere i pugni come avrebbe voluto. Dalla morte di sua nonna, Lori aveva assunto il ruolo di Giumenta Alfa e aveva praticamente imposto la legge marziale alla mandria.

«Lasciarmi decidere che cosa?» La voce sensuale di Lori riempì la stalla. Black si affacciò dall'angolo del box per vedere la leader della mandria, bionda, che si avvicinava, agghindata con quello che lei chiamava il suo sfarzo da umana: un reggiseno di pizzo nero che spuntava dalla profonda scollatura della camicia rossa, jeans attillati con borchie luccicanti lungo le tasche e una grossa fibbia d'argento a forma dello stato del Montana. I suoi luccicanti stivali da cowboy di New Helens la portavano quasi alla sua stessa altezza, un metro e novanta.

«Ehi, soldato.» Gli passò davanti pavoneggiandosi, tenendo lo sguardo fisso nel suo finché lui non lo distolse, come si conveniva a un buon membro della mandria. Il rispetto per il rango, radicato in lui da una vita, combatteva con l'impulso di opporsi all'autorità della nuova Giumenta Alfa. Gli stalloni proteggevano fisicamente la mandria, mentre le giumente ne guidavano le dinamiche, e la parola della Giumenta Alfa, una volta eletta, era legge. Solo i membri più forti della mandria avrebbero osato sfidarla. Sua nonna aveva preteso rispetto durante la sua leadership, ma lo aveva anche concesso in cambio. Lori era solo una prepotente.

Dentro il box da parto, Lori assunse una posizione a gambe larghe, con le mani sui fianchi. «Be', è una cosina piuttosto anonima, non vi pare? Chiamiamola Jane.»

Su tenne il mento basso e annuì, mentre Millie girò la testa in segno di sottomissione.

Le narici di Black si dilatarono, ma mantenne una postura rilassata. «Pensavo che avremmo potuto chiamarla Ivy, per via di quelle belle striature che le avvolgono i garretti.»

La leader della mandria agitò le dita curate in un gesto di sufficienza. «Ivy sta per pascoli più verdi. Ci atterremo a Jane. Andiamo, signore. Stiamo uscendo.» Sfilò la cintura, l'appese a un piolo vicino all'ingresso come a piantare una bandiera e marcare il territorio, poi si tolse gli stivali. Glieli ficcò in mano. «Mettimi questi nell'armadietto.»

In un batter d'occhio, Lori e Su erano nude; il seno sodo e la zona pubica perfettamente curata di Lori erano l'esatto opposto dei cedimenti e delle rotondità naturali di Su. Lori scivolò nell'oscurità esterna. Su la seguì da vicino, lanciando uno sguardo preoccupato oltre la spalla verso Millie. La luce che filtrava dalla porta aperta colse un lampo del manto palomino dorato di Lori mentre si trasformava.

Millie spinse la sua nuova puledra verso l'uscita.

«Non devi andare. Lascia che Ivy-Jane si tenga salda sulle zampe e si allatti.» Black si rifiutò di chiamare la piccola "Jane la sconosciuta". «Dovrebbe conoscere anche la tua forma umana.»

Black posò una mano sul garrese ossuto di Millie, a disagio nel dare consigli a una madre esperta, ma la sua formazione veterinaria non gli permetteva di restare in silenzio. Non solo là fuori c'erano pericoli come i puma, ma le prime ore di vita di un puledro erano cruciali per l'imprinting, specialmente per i cuccioli mutaforma, che dovevano familiarizzare con quelle che in pratica erano due madri. La puledra non sarebbe stata in grado di trasformarsi per alcuni anni, ma avrebbe dovuto imparare subito sia la comunicazione equina sia quella umana.

Il fianco sfregiato della giumenta trasalì al suo tocco. Girò la testa per strofinarsi la guancia contro di lui, facendogli capire che apprezzava la sua preoccupazione, ma anche di farsi gli affari suoi.

Lui sospirò e fece un passo indietro, ascoltando il suono degli zoccoli sulla terra battuta svanire nella notte. Nascose i vestiti di Lori in un armadietto e si guardò intorno per assicurarsi che non ci fossero spettatori prima di spogliarsi a sua volta. Essendo un centauro, non sarebbe mai stato davvero parte della mandria e doveva custodire il suo segreto con ancora più cura degli altri mutaforma, ma quella notte aveva una puledra da proteggere.

Prendendo fiato, si voltò verso la porta e permise alla pressione della trasformazione di prendere il sopravvento.

***

Renee guidò la Ford Escape a noleggio su per la collina sterrata fino al cancello del ranch, con l'aria condizionata al massimo contro il caldo secco del Montana. La sua migliore amica, Steph, sedeva sul sedile del passeggero scorrendo il telefono, già annoiata dalle colline coperte di artemisia e dalle aspre formazioni rocciose che circondavano l'altopiano. Ricordi vecchi di decenni si riversarono su Renee mentre guidava: la mamma, il nonno e persino il papà che la guardavano mentre cavalcava il suo pony a macchie bianche e nere, Cookies; le notti di tempesta in cui il nonno la faceva sgattaiolare fuori dal letto per guardare i fulmini dal portico coperto; la mamma che le mostrava una nidiata di gattini nella stalla. Ricordi felici che la riempivano di rimpianto man mano che si avvicinavano al ranch.

Il nonno era morto e lei non era mai più tornata a trovarlo. Erano passati due anni dalla sua morte e lei non lo aveva nemmeno saputo. La notizia arrivò tramite il detective ingaggiato per rintracciarla e consegnarle il testamento. Ora il ranch era suo, almeno per un breve periodo. Questa sarebbe stata la sua ultima visita. Meglio liberarsene insieme a tutti i ricordi, si disse. Stare al passo con lo stile di vita da rock star di Steph costava un sacco di soldi e l'agente immobiliare aveva offerto una bella cifra per la proprietà. E poi, cosa ne sapeva Renee di come si gestisce un ranch?

Il messaggio finale nel testamento del nonno le ronzava nella mente mentre guidava.

Il ranch cela un tesoro ben nascosto.

I segreti di Toliman a te fan dono.

Custodiscilo con cura e amalo con spirito.

Conquistata la loro fiducia, non avrai più alcun timor di rito.

Suo padre avrebbe detto che si trattava di un'altra delle stregonerie del vecchio, o qualcosa del genere, mettere una poesia in un testamento. Ma d'altronde, papà non era stato invitato alla lettura, vero?

Un'antica amarezza salì in gola a Renee. Dopo la morte della mamma, papà aveva ripudiato i modi "pagani" del nonno. Qualcosa a che fare con cerimonie sciamaniche e diavoli dagli zoccoli fessi, che secondo lui avevano causato il cancro alla mamma. Non appena Renee aveva compiuto diciotto anni ed ereditato il fondo fiduciario della mamma, era scappata, desiderosa solo di sfuggire alle recriminazioni isteriche di suo padre.

Steph pensava che la poesia significasse che c'era un tesoro sepolto e aveva insistito perché andassero a controllare prima che Renee si liberasse del posto. Aveva prenotato i primi biglietti disponibili da La Guardia per conto di Renee, postando meme sulla caccia al tesoro su Instagram e posando per i paparazzi in agguato con una minuscola pala, un cimelio di una delle sue precedenti bravate. «Non sembro pronta a scavare? Forse dovrei girare un video musicale mentre sono lì.»

Lanciando un'occhiata allo specchietto retrovisore verso quella che era ovviamente l'auto di un giornalista che manteneva una distanza discreta, Renee si chiese quale pasto avrebbero finito per dare alla stampa sempre affamata questa volta. A volte si sentiva nient'altro che un personaggio di fantasia della sua stessa vita, al seguito di Steph. Ma vivere all'ombra della rock star almeno le forniva un itinerario nella sua vita scontenta.

In lontananza, sotto un albero nodoso, una mandria di animali dal colore bruno giallastro alzò la testa all'avvicinarsi del SUV. Renee diede una gomitata a Steph. «Guarda, alci.» O almeno, pensava che fossero alci. Forse cervi?

Steph alzò lo sguardo dal telefono, poi lo riabbassò. «Fico. Ci siamo quasi?»

«Presto, credo.» Ogni palo della recinzione che superavano lungo l'altopiano punteggiato di artemisia faceva stringere sempre di più lo stomaco di Renee. Perché era così nervosa? Si sentiva come se qualcosa di enorme incombesse all'orizzonte, una scelta per cui non era preparata, anche se la sua decisione di vendere era già stata presa.

L'arco del portale d'ingresso apparve in vista, con la scritta Toliman Ranch in ferro battuto lungo l'architrave. Si fermò e aprì la portiera dell'auto. Un'ondata di calore secco inondò l'abitacolo climatizzato, insieme al lontano profumo di cavalli e artemisia riarsa dal sole. Fece un respiro profondo e riconoscente, notando il tizio dietro di loro che pendeva dal finestrino dell'auto scattando foto con un teleobiettivo. Aprendo rapidamente il cancello, Renee tornò nell'abitacolo e al sollievo dell'aria condizionata.

«Che posto rustico», disse Steph, osservando il cancello mentre passavano. «Immagino che dobbiamo farlo ogni volta che entriamo o usciamo?»

Renee scrollò le spalle. «Non è poi così male. Ha dato al tuo fidanzato paparazzo l'opportunità di flirtare con me.»

Quasi per marcare il territorio, Steph abbassò il finestrino e sporse il busto, offrendo al fotografo uno scatto della sua abbondante scollatura. Renee superò con calma il cancello, poi balzò fuori per richiuderlo dietro di loro. Per quanto le importava, Steph poteva tenersi le luci della ribalta. Renee non era nessuno, comunque.

Guidò per altre centinaia di metri intorno a una collina che nascondeva gran parte della casa alla vista della strada. La luce del sole danzava tra i granelli di polvere mentre si fermavano davanti all'ampio portico coperto. Aspettandosi quasi che il nonno uscisse di casa per accoglierle, spense il motore.

Steph spalancò la portiera e guardò Renee con il naso arricciato. «Uff, che cos'è questa puzza?»

«Cavalli», rispose Renee, ricordando una versione più giovane di sé che aveva arricciato il naso allo stesso modo. Oggi quell'odore le smosse qualcosa dentro, come se un bocciolo tremante stesse per schiudersi nel suo petto. Lo represse, ricordando a sé stessa che era lì solo per consegnare tutto all'agente immobiliare.

Scese dall'auto e rimase a fissare la lussuosa casa con struttura in tronchi, le sue alte finestre e l'arredamento country. Una vecchia ruota di carro arrugginita pendeva dal rivestimento in scandole di legno, e gli infissi della porta d'ingresso erano in ferro battuto nero, compreso il battente vecchio stile a forma di ferro di cavallo. Due fioriere quadrate ai lati dei gradini del portico non contenevano altro che ciuffi di erba secca e marrone.

Dietro di lei, il tintinnio metallico del portone della stalla che si apriva la fece voltare. Ne uscì una donna bionda, molto alta, con le punte degli stivali da cowboy incredibilmente lucide per una lavoratrice di un ranch. La donna alzò il mento, come se la stesse annusando mentre si avvicinava. «Chi di voi due è Renee?»

Renee tese una mano alla gigantessa — almeno rispetto al suo metro e cinquantacinque. «Sono io.»

La donna strinse le nocche di Renee con una fermezza sgradevole. «Mi chiamo Lori. Gestisco questo posto dalla morte di suo nonno. Condoglianze per la sua perdita, a proposito.»

Steph si fece avanti, porgendo la mano. «Piacere di conoscerla, Lori.»

Lori le prese la mano, con le sopracciglia alte. «E lei chi è?»

Un lampo d'irritazione le attraversò i lineamenti. «Oh, scusi. Sono così abituata a essere riconosciuta. Steph Bilmore.» Inclinò la testa con fare malizioso. «Forse ha visto uno dei miei video musicali?»

«Ah. Questo spiegherebbe il tizio al cancello che scatta foto. Spero sappia che in Montana la gente porta le armi.» La donna si rivolse di nuovo a Renee. «Quanto tempo ha intenzione di restare?»

«Uhm...» Renee guardò automaticamente Steph in cerca di approvazione. «Qualche giorno, probabilmente? Domani verrà un agente immobiliare.»

«Siamo a caccia di un tesoro», aggiunse Steph. «E poi voglio cavalcare un cowboy. Cioè, un cavallo.» Sollevò il telefono per un selfie accanto alla ruota del carro sul rivestimento.

Le narici di Lori si dilatarono. «Un agente immobiliare? Capisco. Bene. Il governante è dentro. Vi mostrerà le vostre stanze. Io sarò nella stalla.» Si girò e se ne andò a grandi passi senza guardarsi indietro.

Steph sbuffò come se non fosse impressionata. «Quell'amazzone si comporta come se il posto fosse suo. Immagino che dobbiamo portarci i bagagli da sole, eh?»

«Sei stata un po' sfacciata con quella storia del cowboy», disse Renee, sentendosi rinvigorita dall'aria del Montana. «Non la conosciamo nemmeno.»

«Questa è la tua proprietà. Puoi fare quello che vuoi. Le passerà.»

Con la sicurezza di sé in calo, Renee annuì e si diresse verso la staccionata vicino alla stalla, lasciando a Steph il tempo di frugare nel suo solito mucchio di bagagli. Appoggiata al legno ruvido della staccionata,

Renee osservò il pascolo. Oltre la sezione verde e irrigata all'interno del recinto, le dolci colline erano macchiate a chiazze di ginestra gialla e artemisia verde-argentea. Un uomo a torso nudo con un cappello da cowboy era inginocchiato accanto a uno dei pozzetti degli irrigatori all'interno del recinto. Ammirò la sua schiena ampia e abbronzata mentre raccoglieva e passava in rassegna attrezzi e pezzi di ricambio. Un puledro con le zampe striate come quelle di una zebra gli zampettava intorno mentre sua madre pascolava placidamente nelle vicinanze.

L'uomo allungò una mano dietro di sé mentre continuava a lavorare, muovendo le dita finché il piccolo non gliele annusò per poi scattare via, deliziato. Lo stomaco di Renee fu attraversato da uno sciame di farfalle nel vedere il suo evidente affetto. La risata roca dell'uomo fluttuò attraverso il campo mentre si alzava e si spolverava le mani sulla parte anteriore dei jeans. Si accovacciò e fece un giocoso passo di danza da football, provocando il piccolo cavallo, che scalciò e corse di nuovo da sua madre.

Mamma cavalla agitò la coda nera e continuò a pascolare senza preoccuparsi.

Raccogliendo la sua cassetta degli attrezzi, l'uomo guardò in direzione di Renee, mandando in tilt le farfalle nello stomaco di lei. Si sistemò il cappello sulla fronte, lasciando che il sole colpisse una mascella fine e dritta, coperta da una leggera barba. Lei mosse le dita per salutarlo, un piccolo brivido le percorse la schiena quando lui sollevò un braccio muscoloso in un saluto reciproco. *Dio, quanto è sexy.* Voltandosi appena, si rese conto che Steph non lo aveva ancora notato. Renee non riusciva mai a batterla sul tempo, spesso a causa della sua stessa esitazione. Be', non oggi. Questo era il suo ranch, e se lo sarebbe goduto finché avesse potuto. Con il cuore che le batteva in gola per la sua stessa audacia, gridò: «Mio!»

«Cosa?» Steph abbandonò i bagagli e attraversò la ghiaia per mettersi accanto a lei. «Ah, non è giusto! Spero proprio che ci siano altri cowboy deliziosi in giro.»

Renee sorrise. Wow, che bella sensazione. La maggior parte delle volte, Steph sceglieva gli obiettivi e lasciava a Renee il ruolo di spalla, il che significava passare la notte a respingere la spalla dell'obiettivo. Non questa volta.

Appoggiando il mento sugli avambracci, Renee si chinò sulla staccionata, osservando il mandriano che si dirigeva verso la stalla. I suoi jeans abbracciavano i fianchi snelli e le cosce muscolose esattamente nei punti giusti, e il suo addome scolpito si contraeva a ogni passo. Non la guardò direttamente, ma lei sentì la sua attenzione accenderle le viscere.

Con il viso in fiamme, distolse lo sguardo.

Steph tornò all'auto. «Se non concludi entro domani, la prenotazione scade.»

Il suo precedente brivido di fiducia si sgretolò. «Ehi! L'ho chiamato io per primo!»

«La prenotazione ti dà la prima mossa, non l'esclusiva. Quindi non fare casini. Scopalo e basta.» Steph sogghignò e trascinò la sua valigia con le rotelle sulla ghiaia fino alla casa.

Tirando fuori la propria valigia dal mucchio disordinato di scarti di Steph, Renee le corse dietro.

Continua a leggere La sposa del centauro ora.

C'era una volta, pensavo di voler diventare un'ingegnera biomedica, ma fare esperimenti sui topi di laboratorio non porta sempre a un lieto fine. Ora fondo la mia infatuazione da nerd per la scienza con romance incentrati sui personaggi e lieti fini garantiti. I miei mostri trovano sempre la loro compagna, tra eroine grintose, eroi tormentati e tutti i guai piccanti che riescono a gestire. Ti prometto che le mie storie non ti lasceranno mai in sospeso (anche se potresti desiderarne ancora!).

Quando non scrivo, mi troverai in giardino o in cucina, a esplorare l'Alaska con mio marito o a prepararmi per l'apocalisse zombi. Mi piace anche lavorare all'uncinetto mentre faccio binge watching su Netflix, giocare ai videogiochi e godermi il tempo in famiglia durante la nostra sessione settimanale di D&D.

Vuoi saperne di più su di me? Entra nel mio VIP Club e ricevi libri gratuiti, aggiornamenti e altro materiale fantastico!

>>> news.tamsinley.com/ERHXVo

www.ingramcontent.com/pod-product-compliance
Lightning Source LLC
Chambersburg PA
CBHW060406310726

48976CB00003B/963